심장에 수놓은 이야기

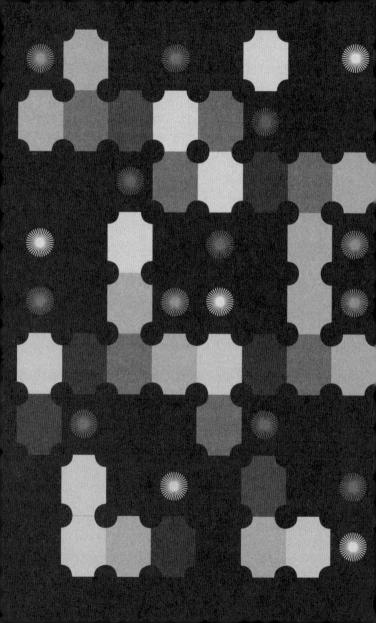

심장에 수놓은 이야기

구병모 소설

arte

차례

아파트 단지 내 어디선가 베란다 창이 깨지는 소리에, 줄곧 국가 대항 축구 경기를 보느라 환호와 박수 사이 간헐적으로 섞여 들어오는 여성의 비명을 알아차리지 못했거나 그저 누군가가 부주의하게 경첩에 발가락이라도 끼였나 보다 싶은 마음으로 그 소리를 모른 척했던 주민들은, 비로소 티브이 앞을 떠나 창밖으로 고개를 내밀었다. 사이드라인의 10층 집에서 깨진 창문 밖으로 치솟는 화염을 보고 심각성을 느낀 이들이 신고했으나 소방차가 달려왔을 때 문제의 10층 집은 이미 불꽃의 흔적도 찾아볼 수 없이 어둠과 정적에 잠겨 있었고, 거실 쪽 이중창이 깨질 정도의 화염을 누가 무슨 수로 진압했는지 확인하기 위해 집 안으로 침투한 구조대원들은, 두 팔로 머리를 감싼 채 쭈그려 앉아 떨고 있는 한 젊은 여성의 모습을 발견할 수 있었다. 주민들이 의아하게 여긴 것은, 아슬아슬한 골 실패 장면마다 터져 나온 탄식과 구별이 어려웠으리라는 점을 감안하더라도 그전까지 들려온 비명의 주인공은 그녀였을 것인데, 정작 창밖으로 떨어진 쪽은 그녀의 아비라는 사실이었다. 구조대가 도착할 때까지 숨이 붙어 있던 남자는 구급차에 몸이 실리기 전 크게 뜬 두 눈에서 피를 흘리며 떨리는 손가락을 들어 자기 집 창을 가리켰으며, 병원 도착 전에 사망했다고 한다.

폴리스 라인 너머에서 사람들의 추측과 의혹이 부풀었다. 여기서 보통 사람들이 당장 떠올릴 만한 장면이라면, 무언가 알지 못할 구실로 아비에게 구타를 당하던 딸이 홧김에 혹은 위기에서 벗어나고자 하는 본능으로 불을 지르고 그를 밀어 떨어뜨리는 것인데, 그러기에는 두 사람의 체격과 체중을 비교

했을 때 현실성이 희박하다는 점, 딸의 몸에는 일방
적인 폭행의 자국이 남아 있으나 아비의 몸에서는
손톱자국 같은 저항의 기미를 찾아볼 수 없다는 점
이 문제였다. 아비의 전신을 뒤덮은 2도 화상이 난
투의 흔적을 녹여버렸다고 친다면 화상 자체가 딸
의 반격의 증거라고 볼 수 있겠지만, 방화 행위란 자
신보다 크고 무거운 사람을 창밖으로 밀어 떨어뜨
릴 목적으로 저지르기에는 효율성과 정확도가 떨어
지는 방법이 아닐 수 없었다. 어쨌거나 아비는 당하
고만 있던 딸이 돌변하여 불을 놓은 데에 놀라 뒷걸
음쳤을 테고 이때 창문은 팽창한 열기에 의해 깨졌
으리라고 생각해볼 수 있는데, 이 대목에서도 상식
은 제 기능과 균형을 잃고 휘청거렸다. 화염이 쓸고
간 검은 흔적은 소방대원들이 딸을 발견한 거실 중
앙에서 베란다까지 퍼져 있었는데 그만한 규모의 불
을 일반인이 혼자 진화할 수 있다고 보기는 어려웠
다. 화재 발생 즉시 신속 침착 정확하게 소화기 핀

9

을 뽑아 분사한다면 불가능한 일은 아니겠으나 딸
이 발견됐을 당시의 신체 및 심리 상태로 보아 그건
무리였고, 우선 가정용 소화기부터가 거실과 떨어진
다용도실 구석에 따로 손댄 흔적 없이 놓여 있었다.
이후 현장 조사에서는 전기 콘센트, 라이터와 담배,
휴대전화 및 노트북 배터리나 양키캔들 등 발화점
이 될 만한 것은 발견되지 않았고 가스 밸브도 오래
된 매듭처럼 잠겨 있었다. 다수의 사람이 분명 목격
했으나 아비의 추락 이후 얼마 지나지 않아 사라진
("뭔가 진화할 때처럼 서서히 잦아드는 게 아니라 그냥
확, 두꺼비집 나간 식으로요." ─ 맞은편 아파트 같은 층
의 목격자) 그 불 한가운데서, 만일 직접 불을 붙였다
치면 본인이라고 무사했을 리 없는데 딸의 몸에는
가벼운 화상조차 없었다. 호사가들은 그 아비의 몸
이 불탄 것이 인체 자연발화 현상이 아닐까 떠들었
지만 진실을 확인할 수는 없었는데, 문제의 딸이 현
재 어머니 곁에서 요양 중인 상태로 입을 열지 않다

가 경찰의 강도 높은 추궁으로 인한 두 차례 발작 끝에 당시 상황이 기억나지 않는다고 일관되게 진술하고 있어서였다. 한편 위아래 집과 옆집에 불똥이 튀지 않았음은 물론 아파트 외벽에조차 그을음이 묻지 않아서 타인의 재산 피해가 발생했다기에도 애매한 수준이었으므로, 이 사건은 당분간 미제로 남을 전망이었다.

문 앞에서 서성이다 골목 어귀까지 돌아 나가선 다시 문 앞으로 돌아와 서성이기를 반복하는 동안 시미는 주머니 속 명함을 귀퉁이가 닳도록 만지작 거렸다. 가끔씩 목을 길게 뽑아 미닫이 너머를 들여 다보는 시늉도 했으나, 간유리 너머에서 일렁이는 형상이 포착되지 않는 걸로 보아 문을 열면 바로 대 기실이나 접수처이고, 진짜 작업실은 작은 문 하나 를 더 열고 안쪽으로 들어가는 구조인가 보았다. 시 미는 누군가가 자신을 말려주기를 바라는지, 반대 로 누군가가 자신의 등을 떠밀어 숍 안으로 넣어주 기를 바라는지 알지 못하는 채로 그 앞을 맴돌았다. 간판도 없는 낡은 2층짜리 주택의 겉모습만 봐서는 시미가 기억하지도 못하는 유년기 무렵 동네 후미진 곳에 있었을 법한 침술원이나 한약방 내지는 어느 외진 소도시에서나 찾아볼 수 있는 여인숙 느낌도 났다. 버스 정류장에 내려서 걸어오기까지가 숨은그림찾기 같았을 뿐 교통은 나쁘지 않은 편인데, 아직 재개발의 손길이 닿지 않은 데가 남아 있다는 게 놀라웠다. 정말 이런 데서 그게 가능하다고……. 화려하거나 모던하거나 간에 이런 장소를 운영하는 일이 의료법 위반이긴 매한가지였으나 시미는 기왕이면 다홍치마라고, 겉보기에 좋은 데서 시술을 받는 쪽이 그나마 위생적으로 안전할 것만 같다는 선입견이 있었고, 무엇보다 가게의 외관이 이 동네와 어울리지 않았다. 소위 '힙'하지 않았다. 그러나 시미 자신도 이곳과 조응하지 못하기는 마찬가지였다. 에스닉 조끼나 보헤미안 모자며 헤비메탈 팔찌와 목걸이를 걸친 이삼십대의 무리가 활보하면서, 저렴하고 특색 없는 무채색 슬랙스와 카디건 차림의 평범한 아주머니가 자신에게 부적합한 장소에서 얼쩡거리는 모습을, 흰옷에 튄 간장 소스 보듯 흘겨볼 것만 같았다.

그때 마침 볼일을 마친 손님이 막 떠나기라도 하는지 간유리 너머로 두 개의 실루엣이 비쳤다. 시미가 몸을 숨길 전신주라도 있는지 돌아볼 틈 없이 미닫이문은 활짝 열렸고, 곧 안쪽에서 나오는 사람들과 맞닥뜨리게 되었다.

"어, 깜짝이야."

순전히 시미 자신의 자격지심 때문에 그리 보였을 뿐이겠지만, 웬 추레한 중년 여인이 이런 데 다 있냐는 듯 코앞에서 움찔하며 뒷걸음질하던 손님은, 바로 이어서 따라 나오던 주인의 환영 인사에 안색을 풀었다.

"아, 시간 딱 맞게 오셨네요. 어서 들어오세요."

그렇게 시미를 어디 도망 못 가게 붙들어놓고 주인은 가는 손님을 배웅하는 말도 잊지 않았다.

"다음 주에 뵙겠습니다. 일정 바뀌면 꼭 연락 주십시오. 예, 그럼 안녕히 가세요."

오렌지색 쇼트커트 머리에 콧방울에는 작은 은빛별이 박힌 손님은 경쾌하게 손을 흔들며 골목 모퉁이 너머로 사라져갔다. 그 손님이 흔드는 손짓은 철길 건널목에서 경보음을 울리는 신호 차단기 같았다. 시미가 오랜 세월 결코 돌진해본 적 없고 지금도 범접할 수 없는. 확실히 알 것 같았다. 이곳은 시미의 장소가 아니었다.

이어서 주인이 몸을 모로 틀어 새 손님이 들어서기 편하도록 입구를 터주었는데도 시미는 선뜻 발들이지 않고, 그 문턱이 연옥으로 진입하는 통로의 입구라도 되는 듯 내려다보고만 섰다.

"손님이…… 아니세요? 전화 주신 분인 줄 알았는데."

주인은 조금 머쓱해하는 듯싶었지만 번거로움이나 귀찮음을 얼굴에 드러내지 않고 다만 이쪽을 살

폈다.

"전화를…… 제가 한 게 맞긴 맞는데요."

주인장이라고 불러야 할까. 사장님이라고 부르면 되려나. 아니면 오너라고 해야 있어 보이나. 사무실 옆자리에 근무하는 화인에게서 명함을 받은 뒤 며칠 간 고민하면서 시술 후 부작용 사례를 찾기 위해 인터넷을 뒤져본 시미는, 자유로운 영혼과 예술적 영감을 앞세우며 '문신가' 같은 낡고 촌스러운 데다 괜히 음성적인 느낌을 한층 더 짙게 풍기는 명칭 대신 자신을 '아티스트'라 불러주길 바란다는 몇몇 확고한 표정을 볼 수 있었다. 기획 기사로 실린 그들의 가게는 문신 숍이 아닌 타투 스튜디오로 일컬어지고 있었으며, 그 스튜디오들이라는 것은 밖에서 이름만 보아서는 무엇을 파는 가게인지 알 길이 없는 스피리추얼 어웨이크닝이라든지 비포 더 윈드, 어반 블루스, 소울 투 더 포레스트 하는 식으로 외부에서 쉽게 읽지 못할 서체로 된 영문 간판을 내걸고 있었다. 그러니 무심코 지나가는 사람들은 카페인지 액세서리 가게인지 모르는 채로 가던 길을 계속 가고, 자연히 문신을 적극적으로 희망하는 고객이 알음알음으로 찾아오는 형태가 될 수밖에 없을 터였다. 아티스트가 추구하는 스타일과 맞지 않는 고객은 이쪽에서도 작업을 꺼릴 수밖에 없다거나, 본인의 의지나 이미지 없이 갈피를 못 잡는다든지 친구 따라 강남 왔을 뿐인 고객에게는 굳이 타투를 권하지 않고 돌려보낸다거나, 의료법에 따라 무허가 사업인 만큼 미성년자는 절대로 받지 않고…… 같은 에피소드를 들려주는 아티스트들 자신의 몸에는 당연하게도 문신이 빼곡히 새겨져 있었으며, 문신이라는 두드러진 신체 특징과 디자인상의 충돌을 방지하기 위해서인지는 몰라도 상대적으로 착장은 무채색의 라운드 티셔츠에 청바지 그리고 야구팀 로고가 적힌 단색 모자 정도로 심플했는데, 이 모든 요소가 시미한테는 낯설었다. 모니터 화면 너머에 있을 뿐인 아티스트들이, 그보다는 그들의 몸에 새겨진 문신들이 꿈틀거리며 시미에게 경멸의 어조로 묻는 것만 같았다. 당신도 하게? 부러워? 그런데 당신 쿨해? 아니지? 당신 힙해? 그럴 리가 없지. 이제 와서 뭘 바꿔보게? 아티스트들 중에는 시미와 비슷한 나이대의 사람도 없지 않았고, 오랫동안 회사 생활에 치이다 충동적으로 전세금을 깨고 유럽 여행을 다녀온 뒤 뒤늦게 이 길로 접어들었다는 사람도 있었지만, 시미는 자신이 그 모든 이들의 나이를 합한 것보다 더 늙어버린 것만 같다는 생각이 들었다.

눈앞에서 여전히 문을 연 채 비켜서 있는 삼십대 중후반의 사장은, 이 재래식 한약방 같은 주택과 어딘지 모르게 닮은 구석이 있었다. 모자나 팔찌, 목걸이 같은 장신구는 눈에 띄지 않았고 안경 정도. 아티스트라기보다는 도서관 사서나 우체국 공무원 같은 인상인데 그 와중에 옷은 쥐색 양복이었다. 그것도 핏이 살아 있는 정장이 아니라 아무리 사전적으론 동일한 의미라고 해도 슈트라는 이름으로 부르기에는 살짝 망설여지는 아저씨 양복의 느낌이 났는데, 이를테면 시미가 일하는 작은 사무실에서 흔히 볼 법한 상무나 부장이 입는 그런 양복. 설령 값비싸더라도 패션의 완성이 얼굴이나 몸매인 이상 고가의 태가 나지 않는, 홈쇼핑에서 세 벌에 39,800원 하는 바지와 큰 차이를 알 수 없는, 그런 것.

인상착의라면 시미 자신도 별다를 바 없었으므로 오히려 반가운 점이었으나, 이런 양복을 입고 작업하면 안 덥나 싶었다. 어쩌면 이 사장은 몸에 큰 문신이 있어서, 굳이 제 몸에 어울리지 않는 양복이나마 갖춰 입었을지도. 아니 그런 말도 안 되는 소리가. 문신 새기는 사람이 제 몸의 문신 보여주기를 꺼린대서야 앞뒤가 맞지 않는다. 양복이란 그저 이 일대의 힙한 청년들과 자신을 차별화하려는 일종의 콘셉트에 불과할지도 몰랐다. 그래서 그의 작업실도 이렇게 내일모레 허물 예정인 담배 가게처럼 생겼겠지.

그러고 보면 처음 화인이 건넸던 미색 명함에도 무슨 스튜디오니 숍이니 하는 제대로 된 상호 없이 문신술사 누구라고 이름과 전화번호, 도로명 주소만 적혀 있었다. 타투이스트나 아티스트가 아닌 문신술사라고 박은 것부터가 경매시장에서 헐값에 넘어간 골동품의 이미지를 풍겼으며, 명함 뒷면은 따로 외국어 예명 같은 것도 없이 텅 비어 있었다. 게다가 더 이상한 것은 화인의 말로는 시술 후 당일 숙박도 가능하다는 것이었다. 문신만 해도 감당하기 힘든데 숙박까지, 왠지 시미의 수비 범위 안에 간신히 들어 있는 퇴폐적인 낱말을 모두 결합한 것 같았고 그래서인지 불결하게 들렸다. 문신을 새겼으면 계산을 하고 나올 일이지 무슨 하룻밤을 자고 나와. 이 작업실만의 콘셉트라기에는 너무 기괴했다. 이어진 화인의 설명에 따르면 숙박은 필수가 아닌 옵션으로, 타투를 새긴 고객의 신체적 정신적 피로를 가라앉히고 바늘로 인해 부어오른 피부의 상태를 잠깐 지켜보기 위해 고객 본인이 원하는 경우에만 1층 방에서 쉴 수 있게 세팅이 되어 있을 뿐이라는 얘기였다. 원치 않는 사람은 그대로 나와도 된다고, 계산은 타투 작업에 대해서만 하면 되고 머물거나 말거나 이용료에 차이는 없다고. 화인 역시 남자 사장이 있는 가게에서 눈을 붙인다니 말도 안 되는 일이라고 생각했는데, 허브 향기에 긴장이 풀려서인지 내내 땀을 흘려서인지 진짜 잠깐만 앉았다 가려던 것이 자기도 모르게 스르르 잠들고 말았다고. 졸리다는 느낌도 없이 깨어보니 이튿날이어서, 프로포폴을 쓴 게 아닌지 의심스럽기까지 했다고. 아무려나 타투이스트가 아닌 문신술사라니, 왠지 일회용 바늘과 기계로 신속 정확하게 작업하기보다는 시간을 들여 철저히 훈증 소독한 상아바늘이나 동물 뼈바늘, 대나무바늘로 전통 수작업을 하다가 가끔 얼토당토않은 실수도 저지를 것만 같은 느낌이 드는 이름이지만 실제 작업은 다른 보통의 숍과 같이 모두 기계로 이루어졌다고 했다.

처음 주택의 외관과 사장을 본 순간만 당황스러웠을 뿐, 일정 시간이 지나자 시미는 이런 소박함이야말로 지금의 자신에게 총체적으로 어울린다는 생각마저 들었다. 이 정도 숍이라면 아무리 나이 많고 평범한 자신 같은 사람이라도 발을 들여도 되지 않나 싶은……. 그러나 조금 전 떠난 손님은 너무나도 이 일대에 어울리는 차림이었는데…….

"생각이 많아서 바쁘시죠? 생전 처음 이런 데 오시는 분들 대부분 그러니까요. 괜찮으시면 그냥 들어와서 차나 한잔하세요."

시미는 두어 번 더 머뭇거리다 눈앞의 양복쟁이를 따라 열린 미닫이 안으로 들어섰다. 아, 이 사장님도 인터넷에서 봤던 그런 아티스트들과 같은 개성을 완전히 숨길 수는 없는 모양이다. 아무런 결심도 각오도 없이 어영부영 왔을 뿐인 손님은 우리 가게의 코드와 맞지 않는 것 같으니 다음에 마음이 정해지면

다시 예약 문의 주세요……. 한잔의 차 끝에는 그런

완곡한 거절의 인사가 따라올지도 모르는 일이었다.

화인은 나이로 치면 거의 시미의 딸뻘이었다. 시미는 꼭 화인의 나이였을 때 세 살 된 아이가 있었다. 과거의 스물여덟과 지금의 스물여덟은 결코 같을 수 없었다. 지금은 결혼하기에도 이른 나이임은 물론, 서른여덟이 되어도 결혼이나 출산을 하지 않는 사람이 많다는 것을, 아니 애당초 한 사람의 생에 그것이 당연한 의무나 의례가 아님을 시미는 알고 있었다. 상대가 젊다고 해서 꿈이나 희망, 낭만 따위의 말을 무심코 동원하여 한창 좋을 때네 부럽다, 같은 말을 했다간 아연실색한 표정과 쓴웃음이 돌아올 터였다.

　그러나 화인의 피부가 시미보다 깨끗하고 보드랍

다는 것만은 생물학적 근거에 따른 객관적 사실이므로, 그것까지 뭐라고 하지는 않겠지. 피부가…… 좋네, 참. 자기도 모르게 그렇게 입 밖에 먼저 뱉어놓고 뜨끔하여 마음속으로 한 생각이었다.

그때 화인은 마침 긴 머리를 포니테일로 묶기 위해 한 손으로 머리채를 들어 올리던 참이었고, 그 상태로 시미 쪽을 흘끗 보면서, 그냥 인사치레로 하시는 말씀이겠지만 어쨌든 칭찬은 감사하다는 뜻으로 눈웃음을 지었다. 그렇게 움직이는 화인의 목 뒤쪽에 무언가 묻은 걸 보고 가만있어봐 닦아줄게, 말하며 시미는 고개를 조금 뒤로 뺐는데, 라운드형 블라우스의 네크라인 위, 목과 어깨가 만나는 지점에서 꿈틀거리는 한 마리의 도마뱀을 보고 흠칫했다.

붉은 기가 도는 작고 단순한 아기 도마뱀 문신이었다. 꼬리를 고붓하게 말고 화인의 몸을 벽 삼아 네 발을 넓게 펼치고 들러붙은 도마뱀이 한 점의 불씨처럼 빛났다.

"목 뒤에 문신 있는 줄은 몰랐네."

시미는 막 뽑아 내밀려던 물티슈가 멋쩍어 그걸로 공연히 먼지 한 톨 없는 자기 책상을 문질렀다.

"면접 볼 때 몸에 타투가 있느냐고, 보통은 묻지 않으니까요."

그 말투에 조금 날이 서 있다고 느끼며 시미는 고개를 저었다. 아니, 뭐라고 하는 건 아니고 크게 놀라지도 않았는데, 그저…… 그저, 다음에 뭐라고 해야 하지. 예뻐서? 성의 없게 들릴까. 신기해서? 낯선 것을 이물질 취급하는 꼰대로 순식간에 낙점되겠지. 게다가 문신이라니, 젊은 애 귀에 얼마나 촌스럽게 들렸으면 굳이 타투라고 정정해주기까지. 문신이면 왠지 범죄적으로 들리고, 타투라면 장식 이미지가 강한가 보다. 문신이든 타투든 무엇으로 부르든 간에, 남들 눈에 띄지 않는 데다가 했으면 어땠을까.

화인은 지난겨울에 이 사무실에 왔다. 영하의 날씨에 면접을 보러 와선 패딩 점퍼를 벗고 깔끔한 검정 반폴라 니트 원피스 차림을 드러냈다. 날이 이만큼 더워지기까지 목을 드러낼 일이 없었다. 면접 본 날이 여름이었다면, 그녀는 머리를 풀고 나타나 잠깐 눈속임을 했을까. 아니면 거리낄 일 없다고, 어디한번 당신들의 기준으로 나를 판독해보라는 듯이 시원시원하게 포니테일을 하고 왔을까. 그러나 면접을 볼 때는 보통 마주 앉아서 보게 되지, 모델 오디션이 아닌 다음에야 그 어떤 면접관도 일어나서 뒤로 한 바퀴 돌아보라고 요구하지는 않았을 테니 그녀가 입사하는 데엔 아무런 문제가 없었을 것이다. 입사 시에 신체검사가 필수인 경찰 계통 공무원도 아니고.

시미는 목이라고도 어깨라고도 할 수 없는 경계에 붙어서 혀를 날름거리는 도마뱀에게서 눈을 뗄 수 없었다. 너무 오랫동안 들여다보는 건 실례라고, 이제 그만 눈 돌리지 않으면 화인이 불쾌하게 여기겠지……. 그런데 가만, 눈 돌리는 게 오히려 상대방에게 민망해한다는 신호로 받아들여져 더욱 그녀를 기분 나쁘게 할지도, 오래도록 빤히 들여다보고 있는 쪽이 차라리 나으려나, 어느 쪽인가…….

그러나 곧 시미의 조심스러운 시선과는 차원이 다른 일이 이어서 벌어졌는데, 마침 지나가던 쉰넷 먹은 상무가 손가락으로 도마뱀을 슬쩍 훑은 것이 었다.

"와, 요즘 애들은 대담하네. 나는 도무지 이런 거 적응이 안 된다 야. 언제 새긴 거야?"

상무의 손을 뿌리치는 노골적인 방법 말고, 화인은 마침 자료실에 가지러 가야 할 거라도 있다는 듯 자리에서 벌떡 일어나기를 택했다.

"응? 언제 그런 거냐니까 왜 말이 없어."

화인은 상무와 눈을 마주치지 않은 채 쓴웃음으로 대꾸했다.

"좀 됐는데요."

"그러니까 언제?"

언제인지 알면 뭐 하시게요, 라고 화인이 받아칠

2 8

까 봐 시미는 조마조마했다. 이미 몸에 새겨진 것을 굳이 언제 했는지 따지는 의도는, 입사 전이라면 어릴 때부터 좀 놀던 애로 치부하려는 것이고, 입사 후라면 회사원이 이게 뭐 하는 짓이냐고 두 배로 면박을 주려는 것이리라. 어느 쪽이든 트집 잡을 거리는 차고 넘친다. 화인이 단호하면서도 윗사람에 대한 최소한의 예의에 어긋나지 않을 만큼 은근한 자세로 몸을 돌려서 마주 본 자세를 취했음에도, 상무는 자꾸만 한 발 내딛곤 목을 길게 빼어 화인의 목덜미를 넘겨다보려 했다.

"아, 왜요. 뭘 또 보시게요."

화인은 난처하다는 듯이, 미소를 잃지 않으며 다시금 반 바퀴 돌아서 등을 파티션에 붙였다. 그러자 상무는 사무실 안에 있던 네댓 명의 직원이 모두 듣도록 큰 소리로 말했다.

"어이, 다들 여기 와서 이거 봐. 화인 씨 목 좀 봐봐. 예쁜 피부를 왜 이렇게 해놨그래."

시미는 화인의 얼굴이 붉어지는 것을 보고 상무에게 눈치를 주었다.

"그만하세요. 화인 씨 민망하잖아요."

그러자 상무는 오히려 목소리를 높였다.

"아니 왜? 어차피 남들 보라고 그렇게 훤히 다 보이는 데다 새겨놓은 거잖아. 어이고, 이제 보니 우리 아가씨, 이렇게 발랑 까진 줄 알았으면 내 안 뽑았지. 내 딸이 이러고 집에 들어왔어봐, 다리몽댕이를 그냥."

시미보다 몇 살 많지도 않은 상무는 입사 당시 처음 며칠만 제외하곤 꼬박꼬박 시미에게도 말을 놓았다. 평사원인 시미를 부를 때 아줌마, 라고 하지 않는 것만도 다행일 만큼 오십대 중반 남성의 너절한 태도만을 골라 일삼는, 대표의 사촌 동생. 그것은 어쩌면 일종의 기선 제압이었다. 회사에서 권한이 더 많은 자가 누구인가를 알려주고자 하는. 이런저런 요식업 장사와 PC방 등의 가게에서 실패를 반복하다가 뒤늦게 사촌 형의 작고 건실한 회사로 숙이고 들어온 상무보다 시미가 3년 먼저 입사했는데, 그 당시에도 상무는 마흔 살 넘는 여자가 어떻게 순조로운 이직이 가능했는지 노골적으로 의문을 표시했으며, 시미 씨 혹시 우리 대표님 이거라도 되냐고 회식 자리에서 새끼손가락을 은밀하게 들어 보인 자였다. 에이 거 이상하게 듣지 마시고, 신기하니까 그렇지. 생각해봐요. 애 놓고 솥뚜껑이나 운전하던 아줌마들은 암만 재취업하려고 해봤자 반은 마트 계산대로나 가고 반은 콜센터로 가는 게 현실이잖아, 안 그래? 그런데 번듯한 회사에, 머리만 붙어 있으면 아무나 할 수 있는 총무가 스무 살 아가씨도 아니고 마흔둘이잖아. 신기해, 안 해? 시미가 제 앞의 잔을 원샷으로 비우고 딱 소리 나게 내려놓으며, 총무가 어디 미국이나 프랑스 유학이라도 다녀와야만 할 수 있는 초고소득 전문직이라고까지는 주장하지 않겠지만 생각하시는 그런 일과는 다르니 말씀을 가려

31

하시라고 미소와 함께 면박을 준 다음, 자신은 서른 살 때부터 수많은 물산이니 상사의 영업 일선에서 뛰면서 회계를 공부한 건 물론 총무부와 경리부 실무 전반을 꿰고 있는 데다 지금의 대표님과는 옛날 근무지의 거래처 관계로 오래 연락하고 지냈다고 설명하자, 상무는 거기에 토를 달지는 않았다. 그러고 나서도 한참 동안, 시미가 그 젊은 날 영업에 뛰어들기 전 아이를 두고 이혼했다는 사실을 끝내 캐낼 때까지, 바깥어른은 무슨 일을 하시느냐든지 애는 몇 명이냐 또는 몇 살이냐든지 같은 말로 사람을 쏘삭거렸다. 시미의 옆자리에서 근무하던 화인의 선임자나, 이후 화인과도 은근히 비교해가면서 처음부터 FAT 1급이니 TAT 2급 같은 번듯한 자격증을 갖추고 온 아이들과는 달리 현장 업무로 부딪쳐 감을 쌓아온 시미의 전문성에 대한 의구심을 종종 드러내기도 했다. 어느 때는 별것 아닌 잡무로 취급했다가 시미를 폄하할 때 필요하다면 전문직이라고 추어올리는 식이었다.

그런 남자들은 오랜 사회생활 동안 몇 트럭이나 만나보았으니 시미는 상대에 따라 적당히 쥐었다 폈다 대응하거나 무시할 수 있었다. 그러나 지금 화인은 그렇지 않을 것이었다. 그동안 만만치 않은 시미를 대하다가 상무는 이제 화인의 목덜미에 있는 낯선 흔적에서 좋은 건수를 잡았다.

이때 영업부의 서른 살 남자 대리가 파티션 너머에서 몸을 일으키며 정중한 목소리로 거들었다.

"상무님, 요즘은 그…… 패션입니다. 스티커같이 붙였다 떼었다 하는 것도 있고, 귀걸이나 반지 같은 겁니다."

그 말은 사람 얘기를 별로 들을 생각이 없는 상무에게가 아니라, 완전한 구닥다리에 접어들어 젊은 친구들 흉내를 낼 염도 안 나는 시미에게 조금 더 와닿았다. 패션이구나. 문신이라고 하면 공중목욕탕에 들어와서 등이나 어깨의 승천하는 용을 자랑하는 폭력 조직원 내지는 호전적인 인종차별주의자들의 스킨헤드 같은 걸 떠올렸던 시미는 단순한 패션이라는 그들의 감각 자체가 신선하게 여겨졌다.

"패션? 그렇지, 둘이 또래라고 편먹어주는구나. 김 대리도 이렇게 찍어놨어? 어디 한번 웃통 까봐."

그러자 김 대리는 한발 물러나는 포즈를 취했다.

"아니, 제가 그렇다는 뜻은 아닙니다. 저는 ROTC 나와서 그런 거 안 되고요. 사람 취향은 저마다 다르고요."

"취향이면 뭐, 이렇게 얼굴에 그려놔도 되겠네? 어디 보자, 우리 예쁜 얼굴에 그려도 되나."

상무가 필통에 꽂혀 있던 컴퓨터용 사인펜을 굳이 집어다 화인의 얼굴에 들이대려는 시늉을 하자 시미가 가로막고 섰다.

"상무님, 1절만 하세요. 우리 회사가 뭐 문신 금지, 이렇게 규정이 있는 것도 아니고."

시미는 이런 길고양이 낯짝만 한 상가 건물의 사

무실에 사규라는 게 있기나 하냐⋯⋯ 같은 말은 용케 삼켰다.

"업무 능력이랑 문신이랑 무슨 상관이라고 이렇게 계속 사람 무안 주세요."

시미는 그 자신도 1절만 해야 한다고 생각하면서도 참지 못하고 한마디를 더 보탰다.

"그리고 예쁜 얼굴이고 예쁜 피부고 간에 그 예쁘다는 소리 좀 관두시고요. 요즘 세상에 그런 거 다 성희롱에 들어가요."

상무는 혀를 차며 손에 쥐었던 사인펜을 화인의 책상에 툭 던져놓았다.

"예쁜 걸 예쁘다고 하는 것도 죄다? 하여간 요즘 사람들, 트집들 못 잡아 안달이지. 왜 사람 입을 막 아그래. 칭찬을 하는데도 곧이곧대로 못 받아들이고, 이거 무서워서 무슨 말을 하고 살겠어."

사무실 안에 정적이 흘렀고, 누구도 자신의 말에 선뜻 동의하지 않자 무안해진 상무는 그대로 나가버리면 본전이나마 찾을 것을 거기다 또 뒤를 달았다.

"그런데 하필이면 시미 씨가 그런 소리를 하니까 되게 웃긴 거 알지? 왜, 자기한테는 예쁘다고 말 안 해줘서 삐쳤어? 이거 어쩌냐, 내가 양심이 있어서 맞는 소리만 하거든. 우리 사무실 모토가 그거잖아, 응? 신용, 정직. 나 제대로 된 말밖에 못 해. 아니, 그러고 보니 이제 갱년기라고 사소한 거에 떽떽거리나."

얼굴에 열이 오른 시미가, 아니 저는 그런 소리 필요 없고요…… 하는데— 실은 그다음에 대거리할 적절한 문장을 떠올리지 못해서 난처한 상황이었고— 마침맞게 사무실 전화가 울렸다. 그것을 받아 응대하는 것은 시미 아니면 화인의 몫이었다.

"감사합니다, 엠엔케이상사입니다."

자연스럽게 상무를 상대하지 않을 구실이 생겼다. 화인도 무언가 유용하지 않아 보이는 검은 서류철을 집어 들고 자료실로 몸을 피했고, 김 대리는 자리에 앉았다. 공연한 헛기침과 함께 사무실 밖으로 나서는 상무의 등 뒤로 요즘 사람들은 영, 요즘 사람들이 참…… 같은 넋두리가 길게 꼬리를 늘어뜨렸다. 상무는 무언가 싸잡아 후려치고 싶을 때만 시미를 요즘 사람들로 분류하곤 했는데, 그럴 때면 시미는 자신이 요즘 사람들의 카테고리로 묶이는 것이, 화인이나 김 대리 입장에선 별로 반갑지 않겠지만 조금은 즐거웠다. 상무보다는 살짝 업데이트가 되었다는 뜻이겠다. 그러나 시미는 피트니스와 요가는 기본에다 국외 여행도 많이 다니며 컴퓨터 프로그램이나 스마트폰도 거침없이 쓰는 요즘 오십대 여성보다는 자신이 어느 모로나 뒤처졌다는 느낌에서 벗어날 수 없었다. 어쩌면 자신이 나이보다 좀 더 젊게 살 수 있는 수많은 기회를 놓친 채 여기까지 흘러 떨어졌다는 자각이었다. 현장 영업 시절의 전투력이 빠져나가기 전에, 퇴근 후 화장을 지우기도 귀찮아하며 단칸방 이부자리에 쓰러져 리모컨 쥘 기운만 남아 채널 재핑이나 하는 대신 직장인 발레나 밴드, 화실 같은 데에 시간과 지출을 아끼지 않고 자신의 삶에 투자하는, 능동적이고 활력 넘치는 사람이었다면.

문신이라는 왠지 모를 고전적인 이름 대신, 타투라는 패셔너블한 명칭이 금방 입에 붙는 사람이었다면.

"선배님, 아까 시원했어요. 고맙습니다."

입사 당시, 나이 차이가 많으나 직급은 없는 시미를 뭐라고 불러야 할지 모르겠는데 그렇다고 언니나 이모나 엄마라고 할 수는 없어서 우물쭈물했던 화인은, 시미가 한 방에 정리해주자 편하게 이런 호칭으로 대하고 있었다. 탕비실에서 물을 끓이는데 화인이 다가와선 이렇게 솔직한 호의와 감사를 표하자 시미는 잠깐 긴장을 탔던 마음이 무장 해제되기도 했고, 딱히 화인을 편들려던 건 아니었으나 상무라는 공통의 적이 있는 만큼 문득 자매애 비슷한 연대감을 느끼지 않을 도리가 없었다. 화인도 마찬가지였을 것이다. 그래서 시미가 더 이상 묻지 않은 붉은 도마뱀에 대해 먼저 이야기를 꺼낸 것일지도.

"그냥 아무 도마뱀이나 그런 게 아니에요. 정확하게는 샐러맨더예요."

"둘이 달라?"

"샐러맨더는 우리말로는 도롱뇽이거든요. 도마뱀은 파충류고 도롱뇽은 양서류예요."

그러면서 화인이 내민 것은 문신술사의 이름과 주소가 적힌 명함이었다.

"웬만한 숍들 다 그렇지만 철저하게 예약제고요, 여기는 특히 아는 사람 소개로만 작업하는 곳이에요. 도안도 스타일도 위생도 믿을 만해요. 그리고 무엇보다도…… 깨끗하고요."

위생을 믿을 만하다고 이미 언급했는데 어째서 깨끗하다고 바로 이어서 다시 한번 강조하는지 시미는 의아했는데, 그걸 물을 틈도 없이 화인이 샐러맨더에 대해 한참 떠드는 것을 다만 미소 지으며 들어주었다. 흘러넘친 끝에 고갈되었으나 일상의 바닥에 들러붙은 꿈의 침전물을 목격한 어느 날, 충동적으로 몸에 새긴 샐러맨더에 대해. 샐러맨더 한 마리를 몸 안에 키우면서, 잃었던 자신감과 의욕이 다시금 심장에 고이는 듯했던 날들에 대해. 저녁놀이 건드리고 지나간 것 같은 몸통의 그러데이션과, 그 무늬 아래 타래를 틀고 도사린 이야기들에 대해.

들어선 문 안쪽은 일반 가정집처럼 꾸며져 있었고, 현관에서 올라와 슬리퍼로 갈아 신었을 때 설상가상으로 한약 달이는 냄새가 났다. 인공 착색 염료가 아닌 식물성 염료를 소량씩만 직접 조제하여 쓴다고 들었으니, 지금 풍기는 냄새는 여러 종류의 허브 향일 터였다. 성분은 안심해도 되겠지만 딱 보면, 사람에 따라서는 약간 촌스럽다고 느낄 수도 있어요……. 화인이 노파심에 덧붙였던 말뜻을 알 것 같았다.

사람 한 명과 고양이 한 마리가 나란히 앉으면 꽉 찰 성싶은 소파 옆으로 살짝 열린 방문이 보였다. 조금 전까지 오렌지 머리의 손님이 머물다 나온 방인가 보았다. 문틈으로 보았을 뿐이지만 그저 일반적인 비즈니스텔이나 레지던스 느낌이 들었다. 한순간이라도 안마방 비슷한 걸 떠올렸던 시미는 작은 한숨을 내쉬었다. 2층으로 올라가 욕실 옆 방문을 열자, 이제야 좀 문신 새기는 집답게 도안과 사진 들로 벽이 도배되어 있었다. 운동선수와 연예인도 다녀갔는지, 문신이 새겨진 어깨나 허리를 드러내느라 뒷모습에 가까운 옆모습뿐이었지만 누군지는 시미도 대강 알 것 같은 인물들의 사진도 눈에 띄었다. 빛과구도, 연출에 대해 무지한 시미가 일견으로 훑기에도 전문적인 스튜디오에서 제대로 촬영한 것 같았고하나같이 대형 브로마이드였다.

"저것들 다 직접 하셨나 봐요."

사장은 직전의 오렌지 손님에게 사용했던 도구와염료를 정리하고 바늘 같은 일회용품을 폐기하느라분주해서인지 시미 쪽에 등을 돌린 채로 대답했다.

"제가 한 건 맞는데 사진은 따로 찍지 않습니다.

고객분들이 각자 잡지 인터뷰나 화보 촬영 같은 거 하셨다고 간혹 저렇게 보내줍니다. 걸어두지 않는 것도 예의가 아니지 싶어서요."

"일부러 사진을 보내올 정도면, 작업해주신 결과물이 마음에 쏙 든다는 뜻이겠지요."

포트에 물을 끓이던 사장이 시미 쪽을 돌아보며 살짝 미소 짓는 것을 보고, 시미는 자신의 말이 그의 귀에 얼마나 공허하게…… 또는 무성의하게 들렸을지 어렴풋이 짐작했다. 문신의 문 자도 모르고 온 주제에 특별히 어떤 디자인이 마음에 들고 안 들고 따위 알 리 없다고 생각할지도. 시미는 무안해져서 말을 돌렸다.

"그러면 저기 그…… 샘플 도안 말고, 직접 새긴 작품은 따로 찍어두지 않으셨다는 건가요, 사진을."

사람의 살 위에 새긴 실제 도안이야말로 포트폴리오가 될 텐데. 소개 예약제로 운영한대도 요즘 세상에 인스타그램인지 하는 것도 필수라던데.

"남겨두는 걸 그렇게 좋아하지 않아서요."

시미는 순간 실소를 터뜨렸다. 다른 일이라면 모를까, 피부에 평생 남는 그림을 그리는 사람이 하는 말로는 문제적인 발언 아닌가.

"언제가 됐든 사라지니까요."

그것은 아마도 육신에 관한 이야기. 필멸에 관한 이야기. 아무리 영원해 보이는 피부 위의 흔적이라도 죽음까지 봉인할 수는 없으니. 그런 면에서 문신이란 아이러니한 작품이었다. 평생 남는다는 것도 시쳇말이나 다름없어져서, 마음이 바뀐다면 레이저나 다른 방법을 동원하여 인위적으로 없애는 일도 지금은 아주 불가능하지 않다고 들었고.

······중요한 문제는, 시미가 소멸에 대한 고찰을 하러 여기까지 온 게 아니라는 데 있었다. 포트폴리오가 이것뿐이라면 사람들이 어떻게 그를 믿고 몸을 맡기나. 막말로 저 유명인들의 사진이, 반드시 그들이 이곳에서 시술했음을 증명하지는 않았다. 사장

앞으로 친필 사인이라도 되어서 온 사진이라면 모를까. 또한 시미가 확인하고 싶은 것은 일반적인 몸을 가진 평범한 사람들에게 행한 작업의 결과물이었다. 기미와 뾰루지와 모공 각화증이 있으며 투실하든지 깡말랐든지 하여간 평생 무대에 오르거나 경기장에 들어설 일 없는 일상을 사는, 보통 사람들의 몸에 새긴 문신을. 거기서 조금만 더 가능하다면, 그 연령과 사회 인식상 실례를 구하기 쉽지 않더라도 시미 자신과 비슷한 오십대의 주름진 몸에 새겨진 문신의 양상을. 팽팽한 피부 위에 얹은 그림이 아무리 예뻐 보았자, 고목 껍질처럼 갈라지거나 주름 속으로 선이 파묻혀 일그러진 훗날의 형상까지는 상상하기 어려웠으므로. 그러고 보니 문 앞에서 서성이던 중에는 자신이 여기까지 뭐 하러 왔는지 모르겠고 화인이라도 끌고 왔더라면 좀 나았을까 하고 후회했는데, 들어와서 앉기까지 한 지금 적어도 작업 결과물이 보고 싶다는 마음 정도는 생긴 것이 시미는 스스로도 의외였다.

실제 샘플이라면 화인의 목덜미에서 보긴 했으나, 시미는 키도 작고 통통하며 하루가 다르게 주름과 기미가 늘어가는 자신의 목덜미에 꼭 그 같은 샐러맨더가 올라와 있어도 어울릴지 알 수 없었다. 자신의 몸과 조금이라도 가깝다고 여겨지는, 좋게 말해 인간적인 몸에 새긴 작품을 보고 싶었지만 작업 사진을 남겨두지 않는다니 아무래도 그러긴 어려운 모양이다.

"남들 몸에 새긴 거 별로 안 중요합니다. 자기 몸에 얹을 거니까요."

주문자 한 사람 한 사람에 따라 옵션도 치수도 천차만별인 맞춤 양복을 재단하는 장인처럼 말하는 사장에게서 SPA 기성복이나 공장 생산 액세서리를 파는 것과는 다르다는 자부심을 읽어야 하는 건지 시미는 약간 알 수 없는 기분이 되었다. 당신의 몸에도 작품을 새겼다면 그걸 보여달라고 하기도 예의

가 아니었다. 만약 등이나 어깨 같은 데 있는 거라면
본인 솜씨도 아닐 테고.

"우선 손님이 무엇에 관심이 있으신지부터 얘기해
볼까요."

"어, 글쎄요. 저는 그냥……."

사장이 앞에 내려놓은 찻잔을 마다하는 것처럼 시
미는 뒤로 물러나 앉았다. 허브차인 것 같긴 했지만
여러모로 수상쩍었다. 염료를 만들다 남은 허브일
지도 모른다고 상상하면 더욱 그랬다. 그보다 관심
이라니. 요즘 기준 같아선 백세 시대의 꼭 중간까지
이르렀을 뿐이나, 자녀의 교육 및 성혼을 시작으로
영양제나 생존 운동 이상의 무언가에 또는 어딘가에
몰입하기에는 결코 최적이라고 하기 어려운 나이의
사람에게. 관심이라는 말부터가 건강하고 의욕적인
미래의 아이들, 시미가 살아서 닿지 못할 날들에 존
재하는 어린이들의 사전에나 등재되어 빛나는 낱말
같았다.

"천천히, 급할 거 없으니까요. 이 시간 이후로 오늘은 다른 손님 아무도 안 계십니다. 쭉 비워두었어요."

"그런데 저는 아직……."

잠재 고객이 될지 어떨지도 모르는 뜨내기에게 시간을 내기 위해 다른 예약을 받지 않았다니 그건 그거대로 시미로선 부담스러운 일이었다.

"괜찮습니다, 안 하셔도. 이런 일인데 당연히 신중해야지요."

"그러면…… 제가 뭘 말씀드리는 게 좋을까요. 관심이라니 너무 광범위해서……. 제 친구는…… 그러니까 화인이는 처음에 뭐라고 하면서 왔는지."

시미는 화인이 들려준 샐러맨더에 대한 이야기를 떠올렸지만, 처음에는 어디까지나 즉흥적이었다고 했다. 일단 저지르고 나니 나중에 의미 부여가 차차되더라고도 했다. 그냥 생물이 아닌, 신화 속의 샐러맨더로서.

"남들 말이 자기한테 무슨 참고가 되겠습니까. 그

낭 자유롭게요. 살아온 얘기 하셔도 되고. 그 왜 사람들이 사주팔자 보러 가면 출생 연월일시만 읊는 게 아니잖습니까. 아니면 조금 전에 사진 얘기 하셨던 것처럼, 저한테 궁금한 거 계속 물어보셔도 되고."

"어, 그러니까, 특별히 사장님한테 궁금한 것보다는······."

보편적이고 상식적인 문의 사항 몇 가지는 있었다. 피부가 건성이고 좋지 않은 편인데, 식물성이라지만 염료에 부작용 반응은 없을지, 크게 부어오르면 무슨 연고를 바르는지, 항생제가 필요하지는 않은지, 작업 후 며칠이나 지나야 팽진이 가라앉고 색깔이 곱게 올라오는지, 크기에 따라 기간과 작업비는 어떻게 달라지는지 같은 것들. 무엇보다도······ 한번 그림이 새겨진 자리에 주름이 잡히면 그 모양이 얼마나 볼품없어지는지가, 지금의 시미에게는 중요했다.

"오늘은 그냥 여러 가지 도안을 좀, 보고 싶어서

요. 직접 작업하신 거 아니더라도 샘플 데이터 같은
거 있으면."

말하면서 시미는 남들 몸에 있는 게 자기 자신과
무슨 상관이냐던 사장의 조금 전 핀잔 비슷한 이야
기와 마찬가지의 반응이 돌아올 것으로 예상했으나
사장은 뜻밖에도 흔쾌히 고개를 끄덕였다.

"처음에는 그럴 수 있지요. 아무 정보도 없으면
불안하기도 하고. 샘플은 많습니다. 오늘 내로 다 보
기 힘들걸요."

사장이 일어나서 가져온 것은 큼지막한 클리어 파
일 스크랩이 아니라, 이 주택의 전체적인 질감과는
어울리지 않는 노트 패드 태블릿이었다.

자신이 혼자 살던 빌라에서 시신으로 발견된 33세 K 씨의 죽음에는 에드거 앨런 포의 단편을 떠올리게 하는 구석이 있었다. 인근 주민들은 새벽 2시 30분경 남자의 비명에 잠에서 깨어났고, 단순 주취자의 소동으로 판단하고 눈살 찌푸리기에는 긴박한 절규에 가까웠으므로 하나둘씩 몸을 일으켰다. 주민들이 슬리퍼를 꿰고 밖으로 나오기도 전에 유리창 깨지는 소리가 뒤이었다. 빌라의 1층 작은 창에는 방범용 철책이, 새끼 고양이 한 마리 정도 드나들 만한 간격으로 붙어 있었다. 투명한 파편들이 길바닥에 흩어진 걸 보면 방 안쪽에서 망치 등의 둔기로 유리창을 부숴버린 것 같았다. 혼자 주정을 부렸든 안에서 싸움이 났든 간에 시간이 시간인지라 누군가의 신고로 경찰차 한 대가 왔다. 경찰이 아무리 두드려도 문 안쪽에서는 대답이 없었고, 그렇다고 도어록을 뜯으면 사유재산 침해가 되므로 경찰은 소란을 피운 자가 이제 다시 잠들었을지 모른다며 주민들에게 이만 들어가시라 권했다. 그러고 방범창에 얼굴을 바싹 붙이고 플래시를 흔들어가며 방 안을 비추다가, 벽 곳곳에 금방 뿜어져 나와 튀었는지 걸쭉한 질감마저 만져질 듯한 피가 묻어 있는 걸 발견하고서 본부에 지원 요청을 했다.

뜯어낸 현관문 안쪽에는 목 아래로 피투성이가 된 K 씨의 시신 외에 다른 사람이 없었다. 침입자의 소행이라고 가정했을 경우, K 씨는 욕실로 도망가서 문을 잠글 작정이었던 듯 상반신이 욕실 문턱에 걸쳐져 있었다. 그러나 살림이 넘어지고 쏟아지고 피가 튀는 등 격투의 흔적은 선연한데 작은방에도 다용도실에도 다른 이의 자취가 없었다. K 씨가 약물

복용을 했는지 저 혼자 뭔가 맘에 안 들어서 난동을 피우다 스스로 목을 찔렀다거나, 아니면 새끼 고양이만 한 침입자가 K 씨를 살해하고 방범창 사이로 도망갔다는 결론을 내리는 것이 가장 그럴듯한 상황이었다. 이때 첫 번째로 발견한 이상한 점은, K 씨의 목에 있는 상처가 예리한 흉기로 인한 자상이 아닌…… 육식동물의 날카로운 송곳니로 찢어놓은 듯한 열상이었다는 점이다. 이 일대는 근처에 야산이 없는 도심의 평지로 지금까지 멧돼지가 출현한 사례도 없었고, 멧돼지는 버튼식 도어록을 열고 안으로 들어갈 줄 모르는 데다 설령 머리가 좋은 멧돼지였다고 해도 그 몸집으론 깨진 창문의 방범책 사이로 빠져나가기 어려웠을 것이다.

모르그 거리의 오랑우탄은 어디로 나갔더라…… 같은 부질없는 잡담을 나누며 집 안을 살피던 경찰은 큰방 옷장에서 끙끙 앓는 소리가 나는 걸 듣고 문제의 짐승이 그 안에 숨어 있으리라는 생각에 긴장했

는데, 거기에 있던 건 놀랍게도 청테이프로 입이 막
힌 여성이었다. K 씨를 살해한 것으로 파악되는 유
력한 용의자……라기엔 옷장 안에서 두 손목이 등
뒤로 둘러진 채 가슴부터 발목까지 청테이프로 묶여
있었다. 쭈그린 자세로 몸이 거의 구겨지다시피 하
여 옷가지와 함께 들어가 있었으므로 그녀는 질식
직전의 상태였다. 그녀가 짐승의 이빨 자국 비슷이
낼 수 있는 날카로운 도구로 K 씨의 목을 이리저리
찢어놓고 — 일단 구조 직후 실신한 그녀의 입속을
조사했을 적에 그녀는 평범한 인간의 치아를 가지
고 있었으며 현장에서는 K 씨가 날뛰다 깨졌을 법한
가재도구의 파편 외에 별도의 흉기가 발견되지 않았
다 — 사람들이 몰려오기 전 그 짧은 시간에 스스로
좁은 옷장 안으로 들어가 입에 청테이프를 붙인 뒤
이어서 자기 몸을 둘둘……까지 생각하면 각이 나오
지 않았다. 발목이나 손목만이면 모를까, 두 손이 등
뒤에 포개진 자세로 자신의 온몸을 테이프로 말아

5 4

묶는 일은 개인의 신체적 유연성과는 무관하게 아무래도 불가능해 보였다.

이후 그녀는 경찰 조사 때, 이번만 회자정리 차원에서 마지막으로 만나달라는 K 씨의 말을 그동안 수차례 무시했으나 — 심지어 둘은 애당초 사귄 적이 없으며 K 씨 혼자 들이대는 걸 꾸준히 거절해왔다는 것이 그녀의 부연이었다 — 얼마 뒤 도착한 메시지 내용이 약을 먹었다느니 눈앞이 점차 희미해지고 있다느니 영원히 지켜볼게 잘 지내라 같은 식이어서 산 사람 죽일 수는 없다는 두려움에 살피러 왔다가, 오히려 K 씨에게 덮쳐져 묶인 채로 옷장에 갇혀 있었다고 진술했다. 그렇게 몇 분 혹은 몇 시간이 지났는지 자다 깨다 하면서 시간 감각이 무디어지고 호흡 곤란이 찾아올 무렵 옷장 밖에서, 구체적으로는 방문 밖 거실인지 작은방 쪽인지 모르나 비명과 함께 웬 짐승이 콧김을 내뿜으며 무언가를 파헤치는 듯한 소리를 듣고 깨어났고, 자신은 K 씨나 혹은 짐

승 소리를 내는 강도가 큰방까지 들어오지 않기만
을 바랐다가, 시간이 더 흐른 뒤 여러 사람의 목소리
에 무전기 음성이 겹쳐 들려와서 누구든 K 씨를 구
했나 보다 생각하여 들러붙은 입으로 있는 힘껏 비
명을 질렀다고, 너무 크게 비명을 지른 탓에 목이 쓰
라릴 정도라고 했다.

어깨의 이 자국은 뭔가요. 감금 당시 K 씨에게 폭
행당한 흔적인가요. 테이프에 묶이기 전 졸렸다는
목 부위의 자국과는 종류가 좀 다른 멍이 들어 있는
것 같아서 경찰이 묻자 그녀는 고개를 갸우뚱했다.
어, 여기는 그게 아니라……. 망설이는 듯도 당황스
러워하는 듯도 했으나 그녀는 곧 그 푸릇푸릇한 자
국에 대해 설명했다.

예전에 타투 그렸던 자리인데요. 새겼다가 지운
흔적이냐고, 다시 한번 뭔가 캐내려는 낌새에 다소
불편하고 의아한 기색을 감추지 않고서 그녀는 고
개를 주억거렸다. 어, 그래요. 맞아요. 레이저로. 그런데 완전히 깨끗하게는 안 된다고 그랬어요. 고통을 견디어가며 애써 한 타투를 왜 지우려고 했는지, 그 자리에 혹시 K 씨의 이니셜이라든지 사건의 단서가 될 만한 글자 같은 게 새겨져 있었던 건 아닌지, 사실은 K 씨와 잠깐이라도 사귄 게 아니냐는 식으로 이것저것 찔러보는 게 의무인 조사관이 집요하게 묻자, 그녀는 어깨를 으쓱해 보였다. 여기에 뭘 그렸든 이 일과 무슨 상관인데요?

일단 육안상 주삿바늘 자국은 아니며 약물을 투약한 걸로 보이진 않았으니 수사에 별다른 영향을 미치지 않는 그녀의 개인적 상처일 것이었지만, 어쨌거나 그 일대 CCTV에 대해 모든 조사가 끝날 때까지, 도어록 안쪽에서 벌어진 일은 그녀와 K 씨만이 아는 셈이었으므로 그녀는 전후 사정이 안타깝고 억울하더라도 용의 선상에서 벗어나기 어려울 터였다. 한편 짐승의 소리가 들렸다는 그녀의 진술과 시신에 남은 상처가 분명 일치하는 측면도 있었으므로, 문제의 짐승이 어떤 경로로 사람들 눈에 띄지 않고 빌라를 탈출했는지는 나중 문제로 하고, 시에서는 사람들에게 밤거리를 각별히 주의하라고 당부하는 한편 언제 어디서 출몰할지 모를 야생동물을 포획하기 위한 전문 인력을 모집했다.

그냥 경험 삼아 그런 곳도 한번 다녀와봤다 정도로 여기고, 시미는 만일 화인이 물어오면 미소로 때울 작정이었다. 어, 사장님 인상 좋으시고—인상이 좋다는 말은 빈말로라도 착장이나 헤어 등의 외모를 칭찬하기 어려울 때 동원된다는 점을 시미는 미처 생각지 못했다. 자매품으로는 '어르신들이 퍽 좋아하시게 생겼더라'가 있다—처음 가서 주뼛거리는 사람한테도 편안하게 대해주서서 좋더라. 그냥 차 마시면서 구경하라고 도안들 보여주셨는데 아이고, 내 눈에 아무리 신기하고 황홀하면 뭐 해. 다음 컷으로 넘겨볼수록 내가 여기에 도저히 안 어울린다는 사실만 더 선명해지더라. 사람이 저한테 어울리

는 옷을 입어야지, 옷에 사람을 맞출 수는 없다는 느
낌. 동네 미용실도 아니고 그런 거 해주는 가게는 처
음 들어가본 거라서 신기했지만, 혹시라도 충동적으
로 새겼다가 다음번에 아이를 만났을 때 아이가 보
고 기겁할까 싶어서 끝내 망설이다 물러나왔다는 이
야기까지는, 할 필요 없을 것이었다.

　사장이 보여준 도안은 태어날 적부터 몸에 지닌
점의 일부라고 착각할 만큼 작고 귀여우면서도 인
상적인 기하학무늬들부터 시작해 조직 생활자의 그
것이라 여겨지는 등판 전체의 용이나 범에 이르기
까지 다양했다. 시미가 화인의 목 뒤에 줄곧 시선이
가다 못해 평생 자신과 인연이 없던 가게의 문턱까
지 넘게 된 까닭은, 역시 그 샐러맨더가 작고 귀여우
며 귀걸이나 반지 정도 액세서리 느낌이 나니 진입
장벽이 낮아서였을 것이다. 아무래도 거대한 용틀
임 같은 건 보기만 해도 움츠러드는 게 인지상정이

었고. 시미의 안색을 살폈는지 사장은 해당 이미지를 빠르게 넘겼다. 이런 것들은 이레즈미라고 남성분들이 주로 하시는 거고요. 막 커다란 잉어 두 마리가 펄떡펄떡 뛰어올라서 물살을 타고 서로 몸을 꼬고 그런 거요. 꼭 조직에 몸담지 않았더라도 은근히 좋아하시는 분들 많으세요. 약간 그 좀, 주위 분들은 이게 너무 과감하지 않은가 생각하실 수 있어요. 목욕탕 가서도 이렇게 그린 분 있으면 괜히 다른 자리로 가고 싶어지고. 다른 거 보시면…… 아, 아뇨. 이건 종류가 좀 다른데요. 그 왜 록밴드 하시는 분들 어깨에 있을 것 같은 느낌이죠. 담배를 물거나 꽃에 둘러싸인 해골이 중심 이미지가 되는……. 그것도 남성분들 많이 하시고요. 그런데 이런 이미지 자체는 성별 가리지 않고 대중적이긴 합니다. 그렇죠, 백화점이나 면세점에서 가끔 보셨을 수 있어요. 에드하디가 패션 브랜드를 론칭하기 전에 원래는 문신 디자이너였거든요. 손님 보시기에 좀 덜 부담스러우신 거라면 여기……. 여성분들은 처음 하실 때는 남들 눈에 잘 띄지 않는 레터링 같은 걸로 시작하시더라고요. 애인 이니셜이나 기념이 될 만한 날짜 같은 것. 거기서 조금 더 느낌이 온다 싶으면 켈틱 도안같은 것들도 좋아들 하시고요. 남성분들은 레터링도엉뚱하다 싶은 걸로 새기는 경우가 종종 있어요. 진짜로 옛날 조폭 영화의 사우나탕 신에서나 봤을 법한 것들, 이를테면 '착하게 살자'를 써달라고 오신분도 계셨다니까요. 그 어떤 문구라도 의미가 있고본인이 진심으로 착실하게 살고 싶어서 그런 거니까이의는 없습니다만. 구한말 양복짜리 같은 차림을하고선 자신의 작업에 대해 열정적으로 설명하는 사장을 보며, 시미는 줄곧 사장의 문신은 몸 어디에 숨겨져 있는지 상상했다. 옷도 좀 심플하게 입으면서나 이런 거 전문으로 하는 사람이라고 드러내는 게어떤가……. 이건 다른 타투 스튜디오와 차별화를꾀하는 영업 전략이라기엔 왠지, 라식 수술을 전문으로 하지만 그 자신은 안경을 낀 안과 의사를 떠올리게 하는데……. 아니 그보다 편하게 앉았다 가라면서 이렇게 샘플을 많이 보여주실 필요까지는……. 여러 가지 하고 싶은 말들이 혀뿌리에 걸렸다가 녹아내렸다. 오늘 내로 다 보기 힘들 거라던 사장의 말은 사실이었다. 그럼에도 시미는 그림을 하나씩 넘겨보는 동안 어느새 다양한 무늬에 시선과 의식이 흡수되었다. 과일 도안에는 과육과 과즙이 흘러넘쳤고, 새 도안은 금방이라도 날갯짓하여 그 피부를 떠나갈 것처럼 보였다. 각각의 무늬들 자체가 주는 미적 감각이나 그것들이 보유한 상징성보다는, 그 무늬가 도화지 아닌 사람의 피부에 새겨졌다는 사실에서 오는 놀라움이 더 컸지만. 시미 생각에 그중 만만해 보이는 걸 꼽으라면 레터링이었다. 영원히 간직해도 무방한 이름이라면. 이십대의 연인들이 백일을 맞이한 기념으로 나란히 손을 잡고 서로의 이름을 팔 안쪽이나 옆구리에 새기러 나타난다지. 세월

이 흘러 그들은 각각 따로 방문하여 새로운 그림으로 레터링을 덮어달라거나 지울 방법은 없느냐고 문의하기도 하고. 지우고 싶은 사람은 병원에 가라고 조언하며, 덮어달라는 사람에게는 기존의 것과 크기가 비슷하면서 느낌이 좋은 다른 도안을 새롭게 추천하는 과정에 들어간다고. 연인이나 배우자의 이름은 언제고 번복 및 폐기할 위험성이 있지만, 아이의 이름만은……. 시미가 아이를 낳았다는 사실은 그 아이가 곁에 있건 없건 영원히 바뀌지 않을 것이었다. 그러면서도 시미는 자신이 아이의 이름을 영원히 몸 어딘가에 새겨서 남기고 싶을 만큼 간절하게 온몸으로 그 아이의 어미 되기를 소망하는가를, 출산 후 사반세기가 가까워오고 아이가 이미 아이 아닌 지금에 이르기까지도, 확신하지 못하고 있었다.

그러나 시미는 여기까지의 긴 사정을 화인에게 말머리도 들출 필요가 없었다. 전날 명함을 건넸을 때 화인에게서 보인 반짝거리던 생기는 빠져나가고 없었고, 작업실에 잘 다녀오셨느냐든지 가보니 어땠느냐는 질문도 없었다. 화인은 뾰족하게 깎은 연필 같은 표정으로 사무실에 들어서선 목례만으로 출근 인사를 대신했고, 앉자마자 매미가 벗어놓은 허물 같은 자세를 유지하며 전날의 거래 명세표 정리부터 시작했다. 업무에 지장만 없다면 대수롭지 않은 일로 여겨도 될 터였다. 이곳은 너나없이 월급 받자고 다니는 회사일 뿐, 인간관계를 돈독하게 다지자고 모인 동호회도 아니고. 남자친구와 싸우기라도 했나 보네. 그러나 자기가 타투 한번 해보고 리프레시라도 해보란 식으로 거의 부추겨놓다시피 하고선. 한번 신경 쓰이기 시작하자 화인이 전화를 받는 목소리나 태도에도 공연히 불안해졌다. 회사에 손님이라도 오면 그대로 매미 허물을 꿈틀거리며 몸을 일으키곤 커피에 소금을 쳐서 내올 것만 같았다. 볼펜이나 수화기 좀 조심히 내려놓자라든가, 한숨은 최소한 티 나지 않게 쉴 수 없겠니, 사람들이 막내 사원인 네 눈치를 봐야겠냐 주변 배려 좀 해라…… 같은 꼰대 소리를 하고 싶지는 않았다. 입사 순서로 치면 선배인 시미한테도 상무가 표정이나 목소리를 구실로 시비를 걸곤 했던 경험이 있어서였다. 왜 안 웃어? 좀 웃어. 우리 사무실의 꽃인데 왜 다 시들었어. 목소리가 왜 그래? 좀 상냥하게 해봐. 얼굴이 안 받쳐주면 말씨라도 애교가 있어야지 말이야. 걸려오는 전화 죄 시미 씨가 당겨 받는데, 우리 회사를 대표하는 목소리다 하고 어, 좀. 상대가 누군 줄 알고 전화를 애교 있게 받으라는 건지 모를 일이었다. 어쨌거나 지금은 화인이 발주서 목록을 작성하다 말고 휴대전화를 만지작거리는 모습이나 멍하니 허공을 바라보는 모습이 간혹 발견되었으므로, 시미는 최소한 자신에게 유감이 있어서는 아니라는 사실만을 짐작할 수 있었다. 당분간 혼자 놔두면 괜찮아질 고민이기를 바랐지만 점심시간 때까지 이 모양이라면,

시미는 상무와 같은 태도는 최대한 지양하면서 살짝 건드려볼까도 싶었다. 왜 그렇게 기운이 없니. 네가 그리 말했잖아. 무엇보다도…… 염원이 이루어질 거라고 했잖아. 작고 귀여운 샐러맨더가, 세상의 모든 악의와 위험으로부터 너를 지켜줄 거라고. 상무와 한번 그런 다음부터 보란 듯이 시원하게 머리를 틀어 올리고 출퇴근하는 화인의 목과 어깨 사이에는 붉은 쉐이딩으로 표현된 샐러맨더가 경쾌하게 꿈틀거리고 있어서, 정작 그 주인의 시르죽은 표정과 대조되었다.

유학이나 취업 등으로 인해 다 큰 자식과 1년에 한 번 얼굴 보기 힘든 거야 여느 부모에게 흔한 일이었다. 장성하면서 패가망신 등으로 연을 아예 끊고 살기도 하고. 그러나 시미의 경우는 그 반대였다. 전남편의 철저한 통제와 훼방을 벗어나 비로소 성인이 된 아들을 자유의지로 바깥에서 만날 수 있

게 됐다 싶었을 때, 아이는 군대에 갔다. 전남편은
아이가 어느 부대로 갔는지 알려주지 않았다. 애당
초 입대 계획과 일정에 대해 전혀 듣지 못했으므로,
시미는 다정하고 모성이 넘치는 중장년의 여자들이
으레 그러하듯 입소식 현장에서 눈물을 뿌리거나
퇴소식 때 직접 만든 진수성찬을 바리바리 싸가서
아이의 입속에 상추쌈이라도 한입 손수 넣어주거
나 하지 못했다. 면회 한번 하지 못하고, 아이가 전
역한 다음 단 한 번 만난 뒤로 지금까지 흘러왔다.

그 세월 동안 전남편은, 시미를 피하기 위해서라
기보다는 사업상의 이유였지만, 휴대전화 번호를 여
섯 번 바꿨고 회사를 네 번 이직했으며 이사를 다섯
번 했다. 두 번 정도 시미가 심부름센터를 통해 번호
와 주소를 알아내어 소통을 요구했으나 남편은 거
부했다. 너 이렇게 집요하게 나오면 애새끼가 어떻
게 되나 한번 보라고, 협박과 함께 전화를 끊은 뒤로
는 또 한 번 번호를 바꾸었다. 심부름센터는 아이가

입학한 초등학교 이름과 학반도 알아내어 전해주었으므로, 어느 날 시미는 회사에 연차를 쓴 뒤 하굣길에 교문 앞에서 기다리기도 했다. 마침내 아이를 발견하여 다가가려는 순간, 아이가 한때 시미의 시모였던 여자에게 달려가 안기는 걸 보고 돌아섰다. 아비가 비록 전부인을 위협하느라 으름장을 놓긴 했지만 아이는 건강하게 잘 지내고 있는 것으로 보였으니, 그걸로 우선은 안심이었다.

그러나 해를 거듭할수록 시미는 자신이 낳은 아이로부터 왜 스스로 물러나 있어야 하는지, 누구 좋으라고 거리를 두어야 하는지 알 수 없어졌다. 마침 그때는 불경기에 시미의 회사도 타격을 맞아 영업 실적이 침체기에 접어들어 지인의 소개로 이직을 고려하던 무렵이었다. 업무에 집중도가 하락하면서, 자연스레 아이에 대한 탐욕이 부풀었다. 세상에서는 모성이라는 명찰을 달아주는, 그런 마음이었다. 저 귀엽고 똑똑한 아이가 ─오래 떨어져 생활했으므로 실제 똑똑한지는 알 수 없음에도 불구하고―나의 아이라고, 내가 배 아파 낳은 자식이라고, 정당한 소유권을 주장하고 싶은 마음. 아이의 교복 셔츠를 다리고, 성적 고민도 들어주고, 좋아하는 가수나 싫어하는 반찬이나 혹시 있을지도 모를 이성 친구에 대한 이야기를 나누고 싶은 마음. 자신의 경작지에서 싹텄다는 이유로 다소 늦은 물대기를 서두르고 나아가 수확까지 꿈꾼 그 마음을, 탐욕 아닌 다른 이름으로 에둘러 부를 방법은 없을 것이다. 아이의 초등학교 졸업식 날 누구 팔에도 안겨줄 수 없는 꽃다발을 든 채 먼발치서 지켜본 시미는, 중학교 교복을 입은 아이의 하굣길에 갑작스레 나타나 가로막기 전에 이런저런 구글링을 통해 알아낸 주소로 이메일을 보냈다. 아이는 자신의 성격이나 습관, 호불호가 거의 드러나지 않는 정중한 말투로 회신을 보내왔다. 엄마가 살아 계시다는 것은 이미 오래전부터 할머니나 아버지 얘기로 알고 있었고, 아버지가 미처 찢지 않아 남아 있던 사진을 통해 얼굴도 알지만, 아시는 대로 아버지의 성질이 보통이 아니라 학교와 학원 사이사이의 짧은 시간에 바깥에서 엄마를 따로 만난다는 것은 불가능한 일이며, 아버지가 폰에 어플을 깔아놓고 항상 감시하는 듯한 느낌이 들기 때문에, 진심으로 제가 무사히 잘 지내기를 바라신다면, 따로 만나서 밥이나 한번 먹자거나 옷이라도 한 벌 사주고 싶다는 말씀은 가볍게 하지 마시기를 부탁드린다는 내용이었다. 보통의 중학생 남자아이 같으면 아버지가 아무리 폭력적으로 통제 및 감시하더라도 엄마를 한번 만나서 어떻게 용돈이라도 거하게 받아낼까 궁리할 텐데, 이 아이는 아무래도 가정환경의 영향을 받아 과하게 눈치를 보는 성격이 되었거나 일찍 어른이 되려고 노력하는 것 같다는 생각과 함께, 시미는 일단 가끔 이메일이나 주고받는 것으로 합의를 보았다. 휴대전화 번호도 알아냈지만, 음성 통화는 아버지 눈치가 보여 어렵다는 아이의 말에 문자를 주로 주고받았다. 아이가 먼저 안부를 전해오는 일은 없었지만 그거야 자신밖에 눈에 안 들어오고 자신의 어깨에 걸쳐진 외투가 세상 제일 무거운 줄 아는 그 또래 아이들이라면 누구나 마찬가지일 터였고, 한동안은 시미가 묻는 안부에 회신을 꼬박꼬박 보내오는 것으로 충족할 수 있었다. 수학여행을 다녀왔다든지, 내일모레 모의고사라든지. 축제 때 친구들과 찍은 사진도 종종 보내왔으므로 시미는 아이의 최신 얼굴을 늘 입수할 수 있었다. 유소년기는 영원히 잃어버렸지만, 최소한 지금의 얼굴은 엄마의 것이었다.

그러나 본격적인 수험생 모드로 접어들면서는 시미가 예닐곱 번쯤 안부를 전하고 나서야 한 번꼴로 단답식 회신이 왔다. 남자애들이란 원래 다 그렇다고, 알겠어요 한마디를 적는 것도 귀찮아서 ㅇㅇ 두 글자나 찍을 뿐 쑥스러워서 긴 얘기를 안 한다고, 인터넷 카페에서 다른 중장년 여성들의 잡담을 보고 시미는 조금 안도했다. 입시를 앞두고 한창 예민할 텐데 가끔이라도 회신을 주는 게 어딘가. 그러나 어느 학교 무슨 학과를 목표로 하고 있는지, 수험생이라 영양 보충이 중요한데 먹고 싶은 것은 없는지, 등급은 얼마나 나오는지, 요즘도 학교나 학원 말고는 집 밖으로 나오기가 그리 어려운지, 같은 것을 물었을 때는 아무런 대답도 없었다.

소위 엄마 노릇을 뒤늦게 하려던 게 패착의 요인인가 등급 운운은 좀 심했나 싶은 후회와 함께, 어디 아픈 데 없는지 요즘 괜찮은지 한 번 더 문자를 보내고 그래도 답이 없으면 음성 통화를 시도하리라고 생각했을 때, 단 한마디가 도착했다. 괜찮아요. 괜찮아요……라는 그 한마디는 그전까지의 모든 대답을 한데 모아 대표하는 것이었다. 영양 보충 필요 없고 집에서 할머니가 해주시는 밥 잘 먹고 있으며 꼭 먹고 싶은 것은 아버지에게 사달라고 하면 되고 아픈 데도 없다는 뜻이었다. 자꾸 반복해서 물어보면

진력이 날 만도 하겠다. 수능 시험은 어디 가서 보느냐고 물었으나, 그에 대한 대답은 각 대학교의 입학 시즌까지 돌아오지 않았다. 어쩌면 재수를 하는지도 모른다는 생각에 가만히 참고 기다렸다가, 수능 열공 카페 후기를 검색한 결과 아이가 모 대학 경영학과에 합격해서 재학 중이라는 것을 알아냈다.

이제 대학생이니까 집 밖에 있는 시간이 더 늘었을 테고, 음성 통화 정도는 해도 괜찮겠지. 다 큰 아이에게 전남편이 해코지하지 않겠지. 친엄마인데. 자기가 낳은 아이와 통화할 권리도 없나. 그것마저 안 된다고 하면 이번에는 정말 변호사를 살 거다. 빈 몸으로 다만 살아남기 위해 도망쳐 나왔던 20년 전과는 다르다…… 생각하며 두근거리는 마음으로 통화 버튼을 터치했는데, 아이는 전화를 받지 않았다. 그 뒤로 몇 번인가 더 걸었을 때, 전남편이 받아서는 아이가 군대 갔으니 전화질하지 말라고 일갈한 뒤 시미의 번호를 차단했다.

제대한 아이와 해후가 성사된 것은, 시미가 사무실 1층 커피숍 알바생에게 자기 처지를 호소하고 전화를 빌려 걸고서야 비로소 아이의 목소리와 만난 이후였다. 아이는 다소 난감한 듯한 말투와 소심한 목소리였고, 이번 기회를 놓치면 평생 만날 수 없을 것만 같은 예감에, 시미는 알바생의 전화를 붙든 채로 기어이 만날 약속을 받아내고야 말았다.

그리고 마침내 아이를 만나는 날, 시미는 반차를 써서 일찍 퇴근했고 가진 것 중에 가장 고급스러워 보이는 옷으로 차려입었다. 누구 결혼식 갈 때가 아니면 꺼내지 않는 정장으로, 몇 년만 더 지나면 나이에 안 맞거나 체형의 변화로 못 입게 될 옷이었다. 이십대 청년들에게 인기 좋은 핫플레이스인 동시에 너무 시끄럽지도 않아서 이야기를 나누기에 적합한, 그러면서도 자신의 경제 사정에서 최대치의 호사를 누릴 수 있는 식당을 예약했다. 은행 등의 금융권에서 지금처럼 철저히 기본 증명서나 가족관계증명서를 요구하지 않던 시절에 아이의 이름으로 만들어둔 저축예금통장도 챙겨 나갔다. 아무래도 제대한 지 얼마 안 됐으면 아르바이트를 구하기도 여의치 않을 테고 소소하게 돈 들어갈 데가 많을 것이었다.

늘 문자를 주고받아 그런지 하나도 안 낯설다. 그렇지? 시미가 밝게 웃으며 건네는 말에 아이는 대꾸하지 않았다. 다만 자리에 앉자마자 취업 스터디가 잡혀서 빨리 가봐야 한다고 말한 뒤, 식사 대신 커피만 한 잔 주문했다. 예상과 달라지자 당황한 시미가, 그래도 든든하게 먹고 다녀야 취업 준비도 하지. 뭐 좋아하니? 빨리 되는 걸로 달라고 하자, 하면서 무거운 메뉴판을 조급하게 넘기기 시작했을 때, 아이는 비로소 본심을 말했다. 저기요.

……저기요, 로 시작한 말은 이렇게 이어졌다. 그게 있잖아요 사실은, 제가 가장 필요로 했을 때 있어주지 않으셨거든요 옆에, 일일이 말씀은 안 드리는데 제가 다 혼자 견뎠고 아버지를, 그래서 지금은 뭐

랄까요, 이렇게 말예요 뒤늦게, 옷이니 밥이니 엄마 노릇하려고 좀 안 하셨으면 좋겠거든요. 그게 말하자면요, 그냥 노릇으로 보이는 게 아니라, 행세처럼 여겨지거든요. 무슨 얘긴지 아시겠어요?

몇 모금 입에 대지 않은 커피가 식기도 전에 아이는 자리에서 일어섰고, 시미의 가방 안에 들어 있던 통장은 밖으로 나올 기회를 잃었다.

그리고 아이가 커피를 그리 즐기지 않는다는 걸, 시미는 알게 되었다.

아이가 두 번 다시 이런 식으로 연락하지 마시라고 못 박아두지는 않았으나 시미는 어느 정도 예감하고 있었다. 앞으로 만날 일이 없으리라는 것을, 만나지 못하리라는 것을. 이번에는 전남편의 차단 때문이 아니라 다 자란 아이 자신의 의사에 따라. 아이가 엄마를 가장 필요로 했던 시기는, 이미 끝나버렸으므로. 이제는 엄마라는 이름이 무조건적인 경애보다 부담인 나이가 되어버렸으므로. 여자친구는 있는지, 학점은 잘 챙기고 있는지 따위도 묻지 못했다. 만약 아이가 결혼이라는 것을 한다면, 시미는 결혼식장에 혼주는커녕 손님으로도 입장할 수 없을 것이다. 그러니 사실 몸에 문신 두어 개 정도 남기고 그것이 의외로 맘에 들지 않아 낭패하더라도, 아이가 그걸 보고 소스라치거나 연세에 맞지 않게 주책이라고 눈살 찌푸릴 일도 없을 테고. 그런 통명스러운 대화라도 나눌 수 있는 모자 관계가 애당초 형성되지 않았음을, 모른 척하고 싶었던 현실을 시미는 뒤늦게 인식했다.

51세의 Y 씨는 탈모 완화 및 예방을 전문으로 하는 자연주의 기능성 화장품 업체의 대표로, 동남아시아 전역에 광범위하게 수출 성장세를 보인 제품의 홍보와 함께 몇 군데 미디어에 출연한 지 얼마 되지 않았을 무렵이라, 그의 충격적인 죽음은 수차례에 걸쳐 뉴스로 다루어졌다. 그는 혼자 사는 집에서 익사체로 발견되었는데, 폐에서 플랑크톤이 검출되었다. 또한 시신 주위를 포함한 거실 전체에는 출처를 알 수 없으나 해감내를 풍기는 물이 흥건하게 퍼져 있었으며, 물 위에는 업체 대표로서 제품에 대한 신빙성을 주기 위해 늘 쓰고 다녔던 부분 가발이 동동 떠올라 있었다. 조사 당시 욕실은 건조 상태였다. 그렇다면 그가 거실에서 접시 물에 코를 박고 사망했을 가능성보다는, 외부에서 누군가가 그를 익사시킨 뒤 시신을 싣고 굳이 그의 집까지 날랐다는 가정이 조금 더 현실적이었으나 외부 침입 흔적은 없었다. 베란다 창문이 방충망을 제외하고 열려 있기는 했지만 Y 씨가 귀가 후 실내 환기를 위해 직접 연 것으로 보였으며, 집은 12층이었다.

전날 아파트 주차장의 CCTV 분석 결과 Y 씨는 평소와 마찬가지로 그의 전담 운전기사인 31세 M 씨가 운전하는 재규어를 타고 밤 10시 30분경 귀가했다. 이때 차를 세운 M 씨가 뒤쪽으로 가서 차 문을 열어주자 Y 씨가 스스로 내리는 모습이 영상에 담겨 있었다. Y 씨는 무엇이 마음에 들지 않았는지 차에서 내리자마자 손으로 M 씨의 머리를 연달아 쳤고, M 씨가 반사적으로 허리를 숙이며 양팔을 들어 올린 채 뒷걸음질하는 모습이 이어졌다. 그러자 Y 씨는 발로 M 씨의 복부를 걸어차서 주저앉히고 어깨며 머리를 수차례 밟았다. 그러다가 아파트 내 다른 입주민의 차량이 진입하는 걸 보고서야 비로소 M 씨에게서 떨어져선 똑바로 하란 말이야, 라고 말하는 듯 몇 번 삿대질하더니 화면 밖으로 사라져 갔다. M 씨는 그러고 나서도 한참이나 Y 씨가 떠난 방향으로 허리를 몇 번씩 숙이며 안녕히 들어가십시오, 하는 자세를 보였다. 화면에서는 사라졌더라도 대표가 엘리베이터를 타고 시야에서 완전히 벗어날 때까지 그러고 있는 것이었다. 이윽고 M 씨는 한숨을 쉬는 듯 쳇머리를 두어 번 흔들곤 Y 씨의 구둣발 자국이 묻었을 어깨를 털더니 퇴근하려는 모양으로, 이번에는 자기 차에 올라탔다. 모닝이 주차장을 빠져나가는 모습도 영상에 남았고, 당시 귀가하던 아파트 주민의 진술도 확보됐다. 둘이 다투는 줄로만 알았는데, 한쪽이 일방적으로 얻어맞고 있더라고요. 차에서 바로 내리기가 무서웠어요. 제가 풍채 좋은 남자였다면 그쪽에 모습을 보여서 사람이 여기

있다, 그만두지 않으면 보안실에 알리든지—그런데 시큐리티 직원들이 달려온다고 그자가 눈이나 깜짝했을지는 모르겠어요. 세상 다 자기 을인 줄로 아는 사람이 있잖아요—경찰에 신고하겠다는 티를 내고 싶었지만요. 차 안에서 112까지 눌렀다가 그만뒀어요. 저자가 내 차 번호를 외워두면 어쩌지 싶어서요. 다행히 사람 오니까 눈치가 보이긴 했는지 얼마쯤 지나서 상대방을 버려두곤 입주민 전용 스크린 도어로 들어가더라고요. 하지만 사태가 끝났다고 해서 제가 금방 차에서 내리지는 않았는데요, 괜히 그자와 같이 엘리베이터를 타기도 꺼려져서요. 불쌍한 기사분이 자리를 추스르고 완전히 주차장에서 떠난 다음에야 시동을 껐지요.

M 씨가 몰고 간 모닝은 이튿날 그가 출근을 준비할 때까지 그대로 M 씨네 아파트 주차장에 세워져 있었던 사실이 확인됐다. M 씨는 평소와 마찬가지로 오전 7시에 자신의 집에서 나와 Y 씨 아파트 주

차장에 차를 세웠고, 재규어 앞에 한참 서서 기다려도 Y 씨가 내려오지 않는 데다 전화도 받지 않아서 올라가보았다고 한다. 그러니까 M 씨는 사건 현장의 최초 발견자이자, 시간이나 물리적인 측면에서 전후 관계가 성립되기 어려움에도 불구하고 현재까지는 유력 용의자였다. 최소한 그와 가장 오랜 시간을 붙어 있었고 그가 살아 있는 모습을 마지막으로 본, 게다가 원한 관계도 있을 법한. 그러다가 경찰에서 알게 된 사실은 Y 씨에게 앙심을 품을 만한 관계가 한둘이 아니다 보니 이 대목에서 M 씨는 변별력이 떨어진다는 점이었다.

회사 직원들은 M 씨의 성품을 옹호하고 그가 평소 얼마나 Y 대표의 집중적인 화풀이 대상이 되어왔는지에 대해 대동단결이라도 한 듯 목소리를 높였는데, 이 과정에서 M 씨뿐만이 아니라 직원들 모두가 Y 씨의 사적이면서 공공연한 폭력에 노출돼왔다는 사실이 밝혀졌다. 폭언과 함께 결재 서류를 얼굴에

던지는 건 숨 쉬듯 있는 일이어서 특별하지도 않았고, 휴일의 야유회에서는 입사한 지 얼마 안 되는 여성 직원들의 외모를 품평하는가 하면, 노니 분말을 비롯하여 이것저것 맛이나 냄새가 썩 유쾌하지 않은 건강식품들을 섞은 술을 원샷 하도록 강요했다 하며, 역시 휴일의 전 직원 산행에서는 양쪽에서 번갈아 실적 보고를 올리던 남성 직원들을 등산용 스틱으로 두들겼다고 한다. 이때 Y 대표의 배낭은 갓 입사한 남성이 자기 몫까지 두 배로 들고 걷다가 일사병으로 쓰러졌는데, 이튿날 신입이 출근을 못 하자 Y 대표가 곧바로 해고시켰다고. 다른 중소기업들과 함께한 휴일의 체육대회에서는 대표가 특히 선호하는 경기에서 이기지 못했다고 직원들의 군기가 빠져서 그런 거라며 단체 얼차려를 돌렸다는 이야기도 있었다. 거기 둘러앉은 사람들의 손가락을 모두 동원해도 꼽기 어려운 사례들이 터져 나오자 갑자기 문제의 본질이 사망 사건에서 갑질 실태로 넘어가는 분위기였지만, 경찰은 중심을 잡아서 우선 전 직원의 전날 행적과 알리바이를 조사했다. 늘 함께 생활하는 직원들이 이 정도라면 원한을 품은 사람들은 회사 밖에 훨씬 대규모로 존재했을 테지만 우선은 그렇게 했다. 인근 CCTV의 영상 분석에 따르면 멀쩡히 귀가한 뒤 집 밖으로 다시 나온 적 없는 사람이 자기 집에서 익사체로 발견된 사건이었으니, 사전에 침입자가 그 집에 들어가 대기하고 있었을 것을 상정하고 아파트 내의 영상 일주일치를 확인했다. 오토바이 배달원이나 택배기사의 모습이 화면에 비칠 때마다 긴장하고 영상을 분석했는데, 워낙 보안이 철저한 신형 아파트라 그 이상의 특이 사항을 집 외부에서 발견하지는 못했다.

집 내부의 특이 사항이라면, 거실 바닥에 넓고 흥건하게 물이 퍼져나간 것 외에, 거실 벽면의 벽지가 모두 벽시계와 액자 높이까지 젖었다 마른 흔적으로 울었다는 것 정도였다. 벽지를 쓸어내리자 하얀 가루가 묻어 나왔고, 감식반이 그것을 혀끝에 대니 비린 짠맛이 느껴졌다. 만일 바닷물을 집 안으로 끌어들이는 모종의 초현실적인 장치로 인해 이 집 안에서 Y 씨가 수장당했다고 치면, 그 물은 어디로 빠져나갔다는 말인가? 이만한 수위로 차올랐던 물이 밤 사이에 바닥이 드러날 정도로 자연 증발하는 일이 가능한가? Y 씨가 살던 집 라인으로 아랫집을 모두 조사한 결과 잠귀가 밝은 한 주민이, 어느 층에서 새벽에 베란다 청소를 하는지 물을 자꾸만 아래로 쏟아버리는 것 같아서 그 시간에 깼다고 한다. 그것도 베란다에 뻔히 하수구가 있는데 그리로 물을 빼는 게 아니라, 굳이 창을 활짝 열고 통째로 물을 밖으로 퍼붓는 것 같은 느낌이었다고. 이 시간에 누구야 미친, 하고 투덜거리며 보안실에 인터폰을 할까 싶다가 때마침 소나기도 오던 중이라 환청일지도 모른다는 생각과 함께 귀찮아서 그대로 잠들었다는 이야기였다.

아까 조사 받으셨을 때 말입니다. 그 견갑골 아래로 등 오른쪽에 넓은 얼룩 있지 않으셨습니까. Y 씨가 그날 밤 그 주차장에서 발로 차서 멍든 건지. M 씨는 잠깐 의아하다는 표정을 짓다가 생각났다는 듯 대답했다. 그분이 뭐 평소에도 워낙 여기저기 발로 차긴 했는데, 이건 아마 멍든 건 아닐 겁니다. 예전에 친구들이랑 그냥 멋으로 문신했던 자리인데요, 워낙 바쁘게 살다 보니 다시 관리하고 색 입히고 그럴 틈도 없었거든요. 이 자리는 자기가 목욕하면서도 들여다보기가 쉽지 않으니까요. 그런데 얼룩으로밖에 안 보일 만큼 색이 많이 바랬습니까? 그건 좀 그렇네요. 그러더니 M 씨는 잠깐 반신 거울로 어느 정도인지 보고 와도 되느냐고 물었다. 허가를 내리고 동행을 붙인 경찰은 화장실로 가던 M 씨를 불러 세웠다. 실례지만 그거 무슨 그림이었는지 알 수 있을까요? M 씨는 고개를 갸우뚱했다. 그냥 자연 풍경이었는데요. 그…… 뭐더라. 우키요에 같은 거였어요. 아,

그냥 일본 전통 민화 같은 겁니다. 그렇다고 막 조폭

처럼 온몸에 휘감고, 그런 거 아니었다니까요.

사실 한 사무실에 있어도 퇴근길에 지하철 타는 방향이 같으면 그때서야 상사나 동료에게 어디 사시느냐고 묻게 마련이다. 그것도 큰 기대나 호감 없이, 오히려 성가시다는 마음과 가능한 한 퇴근 시간이 겹치지 않도록 해야겠다는 의도를 숨기고. 그러나 시미는 포털 사이트에서 사고 뉴스를 보는 순간 그것이 바로 화인의 동네이며 그것도 화인의 거주지와 무척…… 가깝기를 넘어 화인이 사는 바로 그 아파트에서 벌어진 일임을 알았다. 시미는 많지 않은 직원 모두의 이력서는 물론 급료를 관리하고 있었으므로, 그들의 주소 도로명까지는 대략 외우고 있었다. 뉴스를 보자마자 화인 씨 그쪽 동네 괜찮은가요, 별일 없나요…… 물어볼까 하다가, 밤 11시에 메시지를 보낼 정도로 친한 사이라고 자신할 수 없었으므로 그만두었다.

그리고 이튿날 시미가 출근하여 사무실 커튼을 열어젖히기가 무섭게 경찰들이 방문해선, 전날 밤 병원에서 환자의 사정 청취를 했는데 환자가 모친의 주소와 본인이 근무 중인 회사 이름까지만 정상적으로 대고 나머지는 모두 횡설수설하여 알아들을 수 있는 내용이 없었으므로, 안정될 때까지 기다리는 중에 잠깐 들렀다는 것이었다. 그 얘기를 멍하니 듣고 선 시미의 등 뒤로 다른 직원들이 흘끔거리며 출근하고 있었다. 화인이 평소 이상한 낌새나 행동을 비친 적이 없는지 경찰이 물었을 때, 시미는 얼마 전 보았던 물속에 가라앉은 표정을 떠올렸으나 거기에 큰 의미를 두지 않기로 했다. 늘 앉아서 일하느라 소화기 장애를 달고 사는 사무직 종사자가 어느 날 불편한 표정으로 근무했다고 해서 거기 특별한 이유가 있을 리 없었다. 웃지 않는다고 해서 기분이 나쁘다는 뜻은 아니었고, 말수가 적다면 그건 그것대로 오히려 업무하기에는 편했을 것이다. 그러니까 지금 이들은 화인이 화재 사고의 피해자라는 건지 방화 용의자라는 건지 그것조차 확정해서 말하지 않았으므로, 시미는 실제로 화인에게 있었는지 여부도 모르는 내밀한 문제를 공연히 끄집어내어 이후거기다 설명과 묘사를 더 보태야 하는 번거로움을 감당하고 싶지 않았다.

그때 막 출근한 상무가 김 대리에게서 대강의 눈치만 빠르게 얻어듣고선 끼어들려고 다가왔다.

"아, 간밤에 무슨 문제가 생겼다고요? 어쩐지 젊은 아가씨가 발랑 까져서⋯⋯."

"상무님!"

시미는 자기도 모르게 욕지거리라도 내뱉기 직전의 말투로 상무를 저지했고, 절규에 가까운 그 목소리에 상무는 기가 질려서 말을 멈췄다. 화인은 외모

가 좀 화려할 뿐 발랑 까지지 않았고 발랑 까졌다
는 것은 어디까지나 기성세대의 주관적인 준거 틀이
며 설령 발랑 까진 것이 사실이라 한들 그것은 이 불
행한 사태와 무관한 일인데, 상무가 옆에서 쏘삭여
버리면 그것이 선입견으로 작용하여 사건과 본인의
개성 사이에 관계가 없더라도 있게 될 터였다. 사람
이, 그러니까 화인의 아버지가 돌아가셨다는데 총무
에게 근조 화환을 주문하라고 지시할 생각은 않고
화인의 허물을 들추는 데에 거의 신이 나 있지 않은
가. 시미는 만약 상무를 가만 놔두었다면 젊은 아가
씨가 목덜미에 문신을 새겼다고까지 흥분해서 떠들
어댔으리라 확신했다. 문신은 지극히 개인적인 신체
정보 가운데 하나인데 그걸. 아무리 본인이 포니테
일로 목덜미를 내놓고 다녀서 머리채가 살랑거릴 때
마다 샐러맨더가 보일 듯 말 듯했더라도 그걸. 시미
는 알 수 있었다. 문신을 한 젊은 여성이라는 것은,
몸에 무언가를 그린 자들과 파친코니 마약이니 하

면서 대치할 때도 있는 경찰 공무원에게 좋지 않은 인상을 주리라는 것을. 그리하여 상무가 아무렇게나 떠벌리는 말은, 발랑 까진 화인이 평소 부친과 관계가 좋지 않았으며 심지어 부친에게 원한을 품었다는 가설에 힘을 실어주리라는 것을.

"지금 화인 씨 아버님이 돌아가셨다잖아요. 그리고……."

화인 씨 본인도 크게 다쳤다고, 화인 씨가 병원에 있는 이유는 연기를 마셔서이기도 하지만 이미 그자의 폭력이 선행되었기 때문이라는 말로 화인이 혹시라도 저질렀을지 모를 방화에 동조 내지 공감하는 것이 지금 상황에선 역시 문신에 대한 언급과 마찬가지로 비본질적이고 부적절하다는 판단과 함께 시미는 말을 돌렸다.

"저는 사무실을 지키고 응대해야 하니 다른 분들이 좀, 화인 씨 있는 병원에 다녀오시는 게 어떨까 싶은데요."

그러자 뜻밖에도 상무는 다소 얼떨떨하면서도 떨떠름한 표정으로 시미더러, 어 김 대리랑 둘이 다녀와 전화 정도는 내가 받을게, 했다. 경찰 앞에서 하려던 말을 순간적으로 잊었는지는 몰라도 그것이 상무에게 남아 있는 최소한의 양심 같았다. 시미는 직원들의 사생활에 대해 아는 바 없으며 화인의 업무 태도는 보통인 한편 입사 시 제출한 주민등록등본에 부친만 표시되어 있었다는 사실만 경찰 측에 얘기해두었다. 방문객들은 그 협조에 대한 보답으로, 현재 환자는 친모의 요청에 따라 면회가 통제되었으니 헛걸음하지 마시고 당분간 대기하시는 게 좋을 거라는 정보를 주었다.

당분간 대기란 기약이 없었다. 화인의 휴대전화는 사고 이후로 계속 꺼져 있었고, 시미는 윗선에 보고를 올린 뒤 화인을 병가로 처리했다. 우선 세금계산서, 수금 거래, 매출입장 작성 등 화인이 맡았던 일들

이 자신에게로 쏟아지는 것을 수습하느라 무언가를
한가로이 고민할 틈이 없었다. 아무래도 그런 종류
의 사고인 데다, 화인의 상태와 사건의 성격으로 보
아 제대로 된 장례를 치를 성싶지 않았고, 받을 데가
마땅치 않은 근조 화환을 보내기도 뭐했다. 우선 급
한 대로 화인이 언제 내역을 확인할지 모르는 급여
통장에 회사 이름으로 부조를 넣어두었다. 화인이
든 그 어머니든 통장을 확인한다면, 최소한 회사에
근황을 알려달라는 신호가 되기를 바랐다. 상무의
보고를 들은 사무실 대표는 딱 사흘을 기다린 뒤, 회
사는 놀이터가 아니며 아무리 경황이 없다 한들 이
렇게 아무 동료에게든 문자 한 통 없는 직원에 대해
어떻게 생각하느냐고 시미에게 물었다. 경찰이 뭐라
고 했든지, 면회가 통제되어 발걸음을 돌리거나 말거
나 일단 그날 한번 병원에 가보기나 했어야 하는 게
아니냐고도 했다.

"우선 화인 씨는 의식이 있지만 없는 거나 마찬가

지인 상태로 추정되어서 그렇고요."

"그 옆에 어머니라는 분이 계신 게 맞다면, 어머니라도 딸의 휴대전화를 확인하고 회사에 연락을 주었어야 하는 게 아닐까."

"화재 당시 전화가 손상됐을 수도 있고, 구급차에 실려 간 사람이 전화 챙길 여유가 없었겠지요."

"병원에는 전화라는 게 없나. 인터넷이 안 터지기를 하나. 암만 아버지가 끔찍하게 돌아가시고 정신줄을 놨어도 그렇지 경찰이랑 대화를 잠깐 했을 정도면 말이야, 사정 설명은 경찰이 알아서 해줬겠지 그러곤 저는 쏙 빠진 거잖아. 다 성의 문제야. 그쪽은 어머니고 딸이고 간에 회사를, 사회생활이라는 것을 대체 뭐로 보고 있느냐 말이야."

"제가 오늘 근무 마치고 가보겠습니다."

혹시라도 대표나 상무가 가겠다고 할까 봐, 그것은 환자의 상태를 악화시키면 악화시켰지 회복에는 도움이 되지 않을 것이었기에 시미는 나서서 마물렀는데, 대표는 일과 중인 지금 즉시 다녀오라고 했다.

"마치고 가면 한밤중이잖아. 병원 면회 시간은 정해져 있단 말이야. 잠깐 상황만 보고, 앞으로 근무를 계속할 건지 의사 표시를 할 수 있으면 그것만, 그러니까 필요한 것만 듣고 돌아오란 말이야. 겸사겸사 이쪽에서 해줬으면 싶은 게 있다면 그것도 들어보고. 결론이 어떻게 나는지에 따라 위로금의 규모를, 뭐 병원비를 도와주거나 여러 가지 정할 수 있을 거 아니야."

뭐가 됐든 시미의 야근은 기정사실이었다.

시미가 6인실로 들어섰을 때는 마침 퇴원 준비라도 하는 듯, 화인이 환자복 아닌 외출복 차림으로 침대에 일어나 앉아 있었다. 그 옆에는 입원 기간 동안 사용했을 수건이나 휴지 따위가 담긴 대형 부직포 가방이 놓여 있었다. 시미가 다가가자 화인이 고개를 들어 바라보았는데, 얼굴색만 봐서는 아무래도 며칠 더 누워 있는 게 좋을 듯싶었다. 병실에 처음 들어왔을 때 시미가 자기도 모르게 움찔했던 이유는, 화인의 머리카락이 무언가에 쥐어뜯긴 것처럼 고르지 않게 잘려나가고 짧게 쳐져 있어서였는데, 아마도 그것은 그 아비라는 자의 폭행 가운데 일부 흔적일 터였다. 얼굴에 든 멍은 이제 노란 기만 남아 있지만 당시에는 얼마나 검푸른색이었을지 짐작이 갔고, 무언가에 긁힌 듯한 자국이 얼굴에 몇 군데 남은 것은 머리채가 잘리면서 몸부림을 치거나 하여 가윗날에 베인 것이겠다. 시미는 그걸 보고 망자에 대한 일말의 동정심마저 사라졌다.

"어, 어머니가 함께 계시다고 들었는데."

"엄마는…… 원무과에 정산하러…… 갔어요."

띄엄띄엄 한 말이었으나 조리에 벗어나지 않았고 의식도 명료해 보였다. 해쓱한 얼굴이야 병원에 누워 있던 사람이라면 누군들 안 그럴까.

"지금 퇴원해도 괜찮은 거지?"

시미는 일부러 밝은 목소리로 아무렇지 않다는 듯 물었다. 이런 얼굴을 앞두고 있지만 어서 대표가 시킨 대로, 화인이 언제부터 출근할 수 있는지 언제까지 병가로 처리해주기를 바라는지 아니면 퇴사를 원하는지 여부를 알아 가야 했다. 아버지도 이 병원의 장례식장에 모실 예정인지, 아니면 장례를 따로 치르지 않을 것인지, 사건으로 취급되어 시신 자체가 다른 곳에 있는지 같은 것은 궁금하기는 했으나 중요하지 않았다. 화재 원인은 더욱이. 화재 전의 다툼 혹은 폭력이 왜 어쩌다 일어났는지는 더더욱. 그런 일에 명분이나 정당성이 있는 경우란 없으므로.

"베드, 모자란다고. 더 위중한 환자를 받아야 한다고."

"그랬구나. 그러면 얼마 동안은 집에서 더 안정을 취하다 오는 걸로 말씀드려둘까?"

말하자마자 시미는 후회했다. 화재가 났던 그 집으로 돌아가서 안정을 취하라니.

"어, 그러니까, 내가 사정은 정확하게는 모르는데. 어머님 댁이 따로 있는 거 맞지? 당분간 화인 씨가 어머님이랑 함께 있을 건지 해서. 그러면 회사에서도 어머님 댁 주소를 받아두어야 하거든. 이제 막 일어난 사람한테 미안하게 됐는데."

시미는 자신의 말이 상대방의 지친 심신을 염려하는 형태를 띠었으나 그 행간에는 각종 번거로운 행정 절차를 얼른 마무리하고 싶은 마음이 담겨 있다는 사실을, 화인이 알아차리지 않기를 바랐다. 그러다가 고개를 두어 번 흔들곤 순서를 바로잡았다.

"아니, 이게 아니라. 내가 참 정신이 없었네. 그러니까 중요한 건, 몸은 이제 좀 어때? 경찰 아저씨들이 자세하게 알려주지 않아서. 연기를 마셔서 목이 상했을 거라는 생각까지는 했는데……."

말하면서 빠르게 살핀 화인의 몸은, 적어도 밖으로 드러나 보이는 곳에는 화상을 입지 않은 듯했다. 그 아비라는 자가 구타했을 적에 생겼으리라고 짐작되는 광대뼈의 멍이나 부기가 아직도 희미하게 남아 있는 것에 비하면, 화재 현장에 있던 사람으로 생각되지 않을 정도라서 다행이었다. 그러나 화인의 표정은, 충격과 상실의 갈피에 끼워진 채로 그 내역이 지워지고 구겨진 영수증처럼 보였다.

"데이지는…… 않았어요."

"그래. 다행이다."

살짝 안도의 한숨을 내쉰 뒤 시미는 그때까지 병문안용 주스 세트를 손에 들고 있던 걸 뒤늦게 알아차리고 테이블에 내려놓았다.

"그래도 화인 씨는 될 수 있는 대로 말 많이 하지 말고, 원무과에서 돌아오시는 대로 어머님이랑 잠깐 의논할게. 퇴원하는 줄 몰라서 이렇게 들고 왔는데, 가는 길에 짐 되어서 어쩌나. 택시 불러줄게."

화인은 대답을 하지 않고 시선도 맞추지 않는데, 화인의 어머니가 돌아오지 않아 이 공간에 채워진 침묵의 밀도를 견딜 수 없었던 시미는 아무 말이나 더 이어가야만 한다는 의무감에 사로잡혔다.

"회사에서도, 원래 다들 같이 오고 싶어 하셨는데. 상태가 어떤지 몰라서 내가 대표로 왔어."

예를 들면 전혀 사실과 다른 이런 말들이라든가.

"다들 걱정하시고 회복 기다리고 있으니까, 힘들겠지만 마음 잘 추스르고."

"회사에 경찰이…… 다녀갔나요."

비로소 화인 쪽에서 먼저 무언가를 말했으므로, 시미는 거기에 대답해주지 않을 수 없었다.

"어, 뭐 그냥 간단하게 묻기만 했어. 화인 씨 근무 잘했냐, 평소 힘든 일은 없어 보였냐. 딱 그 정도만 물었어. 근무야 똑 부러지게 잘했지, 개인사는 안 물어봤지만. 이제 와서 그게 후회가 되네. 고생 많았지?"

마지막 말은 형식적인 위안이 아닌 진심이었다. 시미는 폭력을 휘두르는 아버지와 둘이서 쭉 살아온 것으로 짐작되는 화인에게서 자신의 아이를 겹쳐 보고 있었다. 아버지는 그렇다 치고 어머니와의 관계는 서먹하지 않은지, 혹시 어머니가 재혼해서서 그 집에서 요양하기도 편치 않은 상황이라면 자신의 집에 와서 당분간 지내라고 제안할 용의도 있었다. 뭐가 됐든 이중창이 날아간 아버지의 집과 거기 딸린 번다한 문제들도 언젠가는 본인이 직접 부딪쳐야겠지만.

더는 할 말이 없어서, 시미는 아무래도 화인의 어머니가 원무과에서 돌아올 때까지 다른 환자들에게 피해가 가지 않도록 복도에 나가 있어야겠다고 생각하며 몸을 조금 움직였다. 그때 화인이 가지 말라는 듯 시미의 팔을 붙들었다.

"왜…… 그래? 뭐 갖다줄까? 뭘 도와줄까."

"선배, 저는 괜찮아요."

"그래, 괜찮아야지. 천천히 조금씩 그렇게 될 거야. 지금은 무리하지 말고. 응?"

시미를 붙든 화인의 손에 힘이 들어갔다.

"그 인간이 눈앞에서 없어지기를 20년 가까이 바라왔으니까."

시미는 내일모레면 오십이었고, 한집에 살았던 기간은 3년 남짓이었으나 남편이라는 자를 겪어보았으므로 화인이 말하는 내용이 그리 충격은 아니었다. 이유가 뭐가 됐든 자신의 육친 골육이 없어져버리기를 바라는 사람은 세상에 많고, 그렇게까지 극단적인 경우가 아니더라도 어쩌면 시미의 아이 또한, 예전에 만났을 적에 마지막으로 남겼던 말이 당신을 없는 셈 치기로 했다는 뜻과 크게 다르지 않았으므로, 어머니라는 존재가 차라리 없었으면 좋겠다고 생각할지 몰랐다……. 시미가 남편의 집을 떠나오기 전, 아이라는 존재가 눈에 밟히기보다는 발목을 붙잡는 것임을 인정하고, 걸림돌이라는 한마디만은 간신히 삼켰던 것처럼.

"그게 언제가 될지 몰라도, 설령 어떤 형태가 되더라도 말이에요. 그게 이번이라곤, 이런 방식이라곤 미처 생각 못 했을 뿐이에요."

여러 생각이 고개를 들었으나 지금은 눈앞의 화인이 먼저.

"아버님 일은 유감이지만, 네 탓 아니야."

"예, 저도 제 탓 아닌 거 알아요."

시미가 이 병실에 들어선 뒤로 줄곧 망설이다가 아버지에 대한 첫 언급을 힘들게 한 것이 무색할 만큼 화인은 산뜻하게 대꾸했다.

"정말로 나를 지켜줬어요. 제일 절박했던 순간에. 이러다 죽을 것 같았을 때."

"어…… 그러니까…… 누가?"

경찰에게 함구한 방화범의 존재를 화인의 입으로 듣게 되나 싶어 시미는 가슴이 두근거렸다. 화인이 휴직을 하든 퇴사를 하든 사무적인 행정 절차는 도울 생각이었지만, 너무 복잡한 일에 얽히고 싶지는 않았다. 화인을 보면 자기 아이의 유실된 유년기가 떠오른다는 죄책감이나 의무감과는 별개의 문제였다.

화인은 몸을 반쯤 돌려 앉아서 목덜미를 보여주었다. 거기에도 아비가 휘두른 가윗날에 다친 것으로 짐작되는 상처가 군데군데 나 있었지만 그것은 그리 중요하지 않았다.

"그리고 자기 일을 마치고 떠나갔어요."

분명 목과 어깨 사이 어디쯤에서 몸을 도사리고 있었던 샐러맨더가, 약간의 검붉은 흔적만을 남긴 채 사라지고 없었다.

그녀의 직업은 작곡가라고 했다. 예술대학에서 실용음악을 전공한 뒤 곧바로 몇 가닥 안 되는 연줄을 붙들어 작곡과 편곡 일을 시작했다고 한다. 정보산업고등학교 졸업반 때부터 직장 생활을 시작한 화인과는 확실히 접점이 없어 보이는 사람이었다. 어쨌든 말문을 열어야겠기에 시미는 영업부 시절 몸에 밴 가락으로, 대단하시다 무슨 노래 만드셨어요⋯⋯ 상대방을 추어올리기부터 했다. 작곡가는 그리 유쾌하지 않은 미소와 함께 손사래를 쳤다. 웬걸요, 말씀드려도 모르실 거예요. 세상 사람 다들 들어서 아, 이거! 하고 알게 되는 노래를 빚기가 어디 그리 쉽나요.

시미는 거기서 그 주제로 말을 더 이어갈 마음이

있는 건 아니었지만, 한때 아이와 조금이라도 소통하고 싶은 마음에 유행하는 가수나 드라마를 일별했던 경험을 떠올리며 적절히 대꾸해주었다. 그래도 제가 요즘 아이들 좋아하는 케이팝도 웬만큼 듣고 그래서요. 나름대로 장단을 맞춘다고 했으나 그것이 상대방에게는 오히려 역효과였다.

실례지만 바로 그게 문제라는 거예요. 작곡한다 그러면 어른들은 죄다 무슨 노래 만들었냐고, 말해보라고. 그렇게 말씀하시는 분들 머릿속에는 진짜 유명한 케이팝 아니면 중독성이 생길 만큼 충분히 노출된 광고 시엠송밖에 들어 있지 않아요. 그런데 일곱 명의 케이팝 가수 뒤에는 보이지 않는 칠백일흔일곱 팀의 인디밴드가 있는데 그걸 다 찾아 듣는 사람은 없어요. 막상 무슨무슨 노래를 만들었다고 제목이랑 가수랑 대답해드리면 어? 그게 뭔데? 하고 꼬치꼬치 캐묻다가 금방 기억 밖으로 밀어내곤 하세요. 게다가 노래뿐만이 아니라 예능 프로그램에서 아무도 그 멜로디를 기억하지 못하는 20초짜리 배경음악을 만드는 것도 분명 작곡인데 말이에요. 실제로는 4분 30초짜리 곡이지만, 그마저도 내레이션에 묻히게 마련이고 오히려 내레이션을 압도해서는 안 되는 것이 소임이지만, 사람들은 그 장면과―아니 장면이 뭐였는지는 기억하려나요―클로즈업된 연예인의 눈물만을 기억하겠지요.

그쪽 사정에는 밝지 못한 시미가 다만 고개를 주억거려 보이자, 작곡가는 두 손을 펼쳐 보이며 커피숍 소파에 몸을 깊이 묻었다. 공연한 넋두리였네요. 오늘은 그런 이야기를 하기 위해 만난 게 아니지요. 그래서 뭐가 궁금하세요? 메시지로 말씀드렸던 게 다예요. 사실 지금 와서 드리는 말씀인데, 만약 아주머니가 아니라 웬 아저씨가 접촉을 시도해왔다면 저는 상대방이 뭐라고 사정하든지 간에 기겁해서 결코 이 자리에 나오지 않았을 거예요. 끔찍한 경험에서 살아 나온 사람이 으레 보일 법한 경계심이었다.

시미는 이 작곡가를 만나기 위해 그녀의 페이스북 계정에 친구 신청을 하고 메시지로 그간의 사정을 설명했다. 페이스북 계정은 아이의 근황을 들여다보기 위해 오래전 만들어두었던 것인데, 정작 아이가 자주 사용하지 않고 방치해두다시피 하여 접속이 뜸했다. 큰일을 치른 작곡가가 낯선 메시지를 보고 수상쩍게 여길까 봐 시미는 프로필에 회색 디폴트 도형 대신 자신의 평범한 얼굴 사진을 올렸다. 여권 사진 같은 경직된 게 아니라 휴대전화로 야외에서 찍은 셀카를 신경 써서 골랐다. 친근감을 주기 위해, 그보다는 자신이 이상한 인간이 아니며 광고용 로봇이 아닌 현실에 존재하는 인간이라는 것을 그녀에게 확인시켜주기 위해, 일상 사진과 간단한 문구를 담은 포스트도 전체 공개로 몇 개 올렸다. 업무용 책상에 흐트러진 일거리와 설거지를 못 한 채 쌓여가는 찻잔, 읽다가 접어둔 책의 한 구절, 혼자 본 주말의 명화 캡처 장면과 그에 대한 감상 같은 것. 유

튜브에서 끌어온 클래식 음악의 링크와 그에 대한 몇 줄의 소감도. 일상과 문화를 평균 수준으로 영위하고 있는 믿을 만한 중년 여성처럼 보이도록 어느 정도 기본 세팅을 마친 다음 메시지를 보냈다. 신중하게 말을 골라 쓰면서, 거래처에 무언가를 집요하게 독촉하거나 요청할 때의 습관대로 중요한 부분을 부각시키면서 명확하게 용건을 구성했다. 사안이 보통의 현실이라는 이름으로 일컫는 지표면에서 1센티미터쯤 떨어져 있는 만큼, 그녀를 이 문제에 합류시키기란 쉽지 않을 것을 상정하면서. 당신이 겪은 고통과 공포에 대해서는 포털 기사에서만 잠깐 스치며 본 적 있습니다. 나중에 다시 찾았을 때는 결과가 나오지 않았고, 저장된 링크로 들어가니 언론사의 요청으로 해당 기사가 삭제되었다는군요. 당신이 겪은 일과 비슷한 경우가 최근 제 동료에게 생겨 죄송하게도 도움을 부탁드릴 수 있을지 여쭤봅니다. 당시 기억으로는 기사에서 사망자 상황만 나왔을 뿐

생존자에 대한 구체적인 언급은 되지 않아서 문의 드리기가 조심스러웠습니다. 늙은 여인의 미친 소리라고 생각하셔도 좋습니다만, 혹시 당신이 예전에 이 페이스북에도 올린 적 있는 어깨의 표범 문신 말입니다. 어디서 하셨는지 알 수 있을까요. 그 표범은 아직도 어깨에 그대로 남아 있습니까……. 사흘쯤 지난 뒤 놀라움과 두려움의 어디쯤 분포한 감정을 담은 회신이 작곡가에게서 도착했고, 이를 시작으로 메시지를 주고받는 과정에서 시미는 해당 작곡가 또한 화인이 샐러맨더를 새긴 문신술사에게서 시술을 받았으며 사건 이후 멍든 것 같은 흔적만 어깨에 남고 표범이 사라졌다는 걸 알게 되었다. 철저하게 지인 소개 예약제로만 운영한다는 작업실. 화인이 소개를 받은 관계를 거슬러 올라가니 화인의 친구의 언니의 선배의 연인이 소속된 기획사의 외주자, 그것이 이 작곡가였다. 즉 화인과는 아무런 상관이 없는 사람으로서, 둘이 이승에서 특별한 이유나 일 관계로 만날 확률보다는 길 가다 우연히 서로의 어깨를 스쳐 지나고도 몰랐을 확률이 더 높을 법한, 완전한 타인. 시미가 작곡가를 찾아오기 전에 알아본 또 다른 기이한 사건—언론에서는 '갑질 사장의 의문사'로 리드를 단—의 관계자인 남성의 경우, SNS도 블로그도 계정만 있을 뿐 방치 상태나 다름없어서 사정을 알아내거나 접촉하기가 더욱 어려웠으나, 오래전의 포스트를 통해 그의 견갑골 아래쪽 옆구리 가까운 자리에 가츠시카 호쿠사이 풍의 파도치는 모습이 그려져 있었다는 사실만은 알아냈다. 그 그림도 지금은 그것이 한때 있었다는 흔적만 남긴 채 지워졌을지 모른다는 생각, 그는 이 작곡가의 사돈의 아이가 다니는 유치원의 수많은 학부모 가운데 하나쯤 될 것이며 분명 그 문신술사에게서 그림을 새겼을 것이라는 생각, 이런 식으로 상관없는 사람들이 어떻게든 별자리처럼 연결되어서, 전원 빠짐없이는 아니더라도 일부 사람들이 전에는 생각지도 못했던 비밀을

공유하고 공모하는 것만 같다는 생각에 시미는 공연히 가슴이 술렁거렸다.

　나는 초현실을 믿지 않아요. 아니 믿고 안 믿고를 떠나서, 그런 일이 세상에 있거나 말거나 나랑은 상관없다는 감각이 더 크지요. 그래서 일부러 불러주시고 그 피해자분 목에 남은 흉터 사진까지 보여주셨는데 죄송하지만, 저는 그냥 우연이라고 생각하려고요. 그래서 경찰이 제 어깨의 상처를 걸고넘어졌을 때, 그 경황없던 중에도 빠르게 상황 판단을 한 거예요. 어, 맞다고. 레이저로 지져도 완벽하게 제거하지 못하는 거라고. 지지긴 뭘 지져, 지울 생각도 없었는데 말이에요. 그래도 그 자리에서는 일단 그렇게 말하고 넘어가야 한다는 생각이 들었어요. 타투가 사건에 뭔가 관계가 있으리라고 생각하게 만드는 것보다, 젊은 날 치기로 새긴 타투를 뒤늦은 후회와 함께 지우고 싶어 하는, 인식도 행동도 깃털처럼 가벼운 젊은이로 간주하게 놔두는 쪽이 차라리 낮다고 말이에요. 설령 진짜로 타투가 나를 지켜줬다 해도, 그걸 다른 누구에게 믿게 할까요. 경찰한테 말해요? 사실은 제 어깨의 타투가 그랬나 보다고? 말도 안 되지요. 안 그래도 지금까지도 그것 때문에 수시로 불려 다니고, '의문수첩' 팀에서도 두 번을 다녀갔는데 자료 부족에다가 끔찍한 사건이라고 방송은 결국 안 나갔고, 나도 영문 모르는 일을 당한 셈이라 불면증에 우울증에 약을 달고 사는데, 신비나 진리를 파헤치기에는 제 코가 석 자라서요. 내 현실을 최소한으로 지킬 의욕만 간신히 남았거든요.

시미는 그녀의 방어적인 입장을 이해할 뿐만 아니라, 시미 자신이 당사자도 관계자도 아니기에 그 무엇도 캐내거나 종용할 수 없으며, 그저 그곳에서 문신을 새겼는지 그 사실만을 확인하고 싶었을 뿐이라고 그녀를 안심시켰다. 상태가 온전치 않은 회사 후배를 걱정하는 마음에서 개인적으로 알아본 일이라고. 이에 대해 누구에게도 말하지 않을 테고 말한들 누구도 믿지 않을 테니 당신은 다만 지금까지보다도 작곡 많이 하시라고, 일감도 많이 얻고 돈도 많이 버시라고, 하고 싶은 일 다 하시고 무엇보다 건강하시라고 말해주었다. 작곡 얘기 이후로는 모두 다 아이에게 들려주고 싶었던 말이었는데, 이렇게 난생처음 보는 사람한테 다 쏟아붓는 것이 시미는 아깝지 않았다. 축복의 말은 입 밖으로 나온다고 하여 그것을 말한 사람의 내면에서 총량이 줄어들지 않을 것이며, 실제의 축복이 달아나거나 가치가 감소하지도 않으니까.

그 덕담에 대한 보답이라기에는 뭐하지만…… 말하면서 작곡가는 문득 주위를 둘러보더니, 커피숍에 손님이 별로 없는 것을 확인하고 오픈 타입 카디건을 벗었다. 카디건 속에, 이제는 시원하다기보다는 조금 추워 보이는 뷔스티에 원피스를 입고 나온 것이었다. 옆으로 살짝 돌아앉은 그녀의 어깨, 사건 이후 표범의 발자국이라도 남아 있지 않았을까 싶었던 그 자리는 꽃잎 못지않게 가시 하나하나가 두드러져 보이는 넝쿨장미로 채워져 있었다. 커버업이라고 해요. 반점이나 화상 흉터 같은 거 이렇게 덧씌우기도 하고, 예전에 있던 타투가 싫증나거나 빛이 바래거나 하면 이렇게 새로 그려주는 거예요. 그래서 이제 표범은 내 몸에 없어요. 이런 식으로 자기 몸에 그린 그림을 바꿔가면서 새로운 인생을 찾는 것도 나쁘지 않은 것 같아요. 아, 이건 그 집에서 새긴 건 아니고요. 인스타그램 여럿 둘러보고 비교한 다음에 전혀 다른 집에 가서 했어요. 예쁜 타투 해주는 집이야 뭐 널렸으니까요. 만일 지금까지 우리가 나눈 이야기가 진실이라고 가정할 때, 최소한 이 장미는 어디로 달아나거나 누군가의 목을 가시로 딸 일은 없겠지요.

그래도 옛날 그 집에서 했던 작업도 나쁘지 않았어요. 쾌적했다고나 할까요. 그 왜, 그런 일을 하시는 분들요. 다 그런 건 아니지만 좀 독특해서요, 성향이. 저도 소위 예술 쪽에서 밥벌이를 하고 사는 셈이니까 그만한 눈치는 있어서요. 그중 일부는 자기가 되게 뭐라도 된 줄 알아요. 이게 좀…… 부위가 어디냐에 따라 다르지만, 가끔 상반신을 탈의해야 하는 경우가 있는데요. 저도 가운 입고 어깨를 다 드러냈으니까. 근데 예술을 합네 개성이 있네 거들먹거리는 아티스트들이 막 고객들 외모 평가하고 몸매 따지고 필요 이상으로 만지작거리고 그러면, 다시는 그곳에 안 가고 싶어져요. 그래서 저는 만약 새긴다면 반드시 여자 아티스트한테 가려고 마음먹고 있었어요. 그건 최소한의 안전장치 아니겠어요? 그런데 이 사장님은 그런 거 하나도 없이 깨끗하더라고요. 기획사에서 근무하는 분이 소개하신 거라 반신반의했는데, 그 기획사에 소속된 밴드 보컬 아이도, 아, 제가 그 친구들 곡 하나 만든 거 있어서요, 비록 엎어졌지만. 아무튼 그 여자애는 저보다 훨씬 어리고 그런 거에 예민한데도 그 애가 강추하더라고요.

해서 별일이야 없겠지 그러고 갔는데, 확실히 그런 쪽으로 느낌은 괜찮았어요. 남자 사장네 작업실로 가는 거니까 설령 여자 가슴이나 엉덩이에 타투 해 놓은 사진으로 벽이 도배되어 있다 한들 나이도 먹을 만큼 먹은 내가 넓은 마음으로 감안해야지, 나도 음악을 하는 입장에서 예술 한다는 사람 이해 못 하면 어쩌겠나 싶었는데, 기억에 아마 사진이나 장식도 되게 심플했던 것 같고요. 전체적으로 집이 참 낡았고 거기 사장님 옷이 직업이랑 심하게 안 어울렸다는 인상 외에는 큰 문제를 못 느꼈어요. 심지어는 전날 스튜디오 녹음의 여파로 완전히 녹다운되어서 예정에도 없이 하룻밤 자고 나와버렸는데도, 아무런 불쾌한 일도 없었고 오히려 개운할 정도였어요. 기억하기론 아마 허브 향기에 둘러싸여서 그랬나 싶은데, 그런 거 아세요? 향기만 맡았는데 식물원에 온 것 같고, 싱싱하다는 느낌도 그 질감이 한 차원 다른 거예요. 아무래도 표범이고 범위가 조금 넓은 데다 쉐이딩도 섬세하게 사실적으로 들어간 거라 기본 시간이 더 걸리는데, 그 와중에 제가 통점이 워낙 낮은 사람이라 하루에 안 끝났어요. 두 번을 더 갔어요. 제가 바빠서 도무지 그럴 상황이 아니었는데도 그때마다 푹 자고 나왔다니까요. 나중에 표범이 지루해져서 커버업을 한다고 해도 다시 이 사장님한테 와도 되겠다 생각 들 만큼 성실하고 약간 고지식하다는 느낌이었어요. 어디까지나 그 당시에 한해서 말이에요. 그 뒤로 이런 일이 나한테 생길 줄은 몰랐으니까.

화인이 그전부터 근무 시간에 종종 휴대전화를 들여다보고 한숨지었던 이유는 어머니와 메시지를 주고받아서였다. 그때 어머니는 네 아비를 당장 내버리고 몸만 빠져나와서 엄마 옆으로 내려오라 했고, 화인은 그 당시만 해도 죽을 정도는 아니라고 생각했기에 그 제안을 거절한 참이었다. 오랜 세월 강약중강약 패턴의 폭력에 익숙해진 사람이 수시로 드러난 위기의 징조를 간과하고 임계점에 대한 판단력이 흐려졌던 것임을, 화인은 나중에 인정했다. 한편 어머니는 이미 다른 가족이 있고 그들은 어머니에게 먼저 낳은 딸이 있다는 것 정도는 알았지만, 그 장성한 딸과 갑자기 함께 지내고 싶어 할 리는 없었다.

어머니의 고향은 남의 집에서 무슨 일이 있는지 지근거리에서 다 들여다보는 어촌으로, 화인이 그 집으로 가는 순간 이웃사촌들 사이에는 그것이 실은 누구네 딸이라는 소문 정도만 퍼지면 차라리 다행이고, 자칫 어머니의 지금 남편에게 낯짝 두꺼운 첩이라도 생긴 것처럼 얘기가 와전될지 몰랐다. 뿐만 아니라 화인은 오랜 서울 생활에서 쌓아놓은 관계나 일을 포함한 질적, 양적 편의를 하루아침에 내던지고 생전 살아본 적 없는 어촌으로 선뜻 내려갈 만큼 어머니에 대한 믿음이 확고하지 않았다. 어머니가 떠났을 때 화인은 여덟 살이었고, 자신의 주관이나 판단보다는 어른들의 사정에 따라 네트 이리저리로 토스되는 배구공일 뿐이었다. 어느 정도 사리 판단을 하게 되고 나서는 자신의 선택으로 아비 옆에 남아 있었다. 그때만 해도 아비 옆에 서로 다른 얼굴의 여자들이 갈마들던 무렵이었으며 아비의 폭력은 관성에 가까운 것으로 당장 생사의 갈림길에 놓일 정도는 아니라 여겼다. 최소한 고등학교까지 마치고 독립 자금을 벌기 위해서 화인은 아비의 돈이 필요했다.

화인이 고등학교 졸업 전에 취업을 하고 마침내 방을 얻을 만한 최소한의 비용이 모였다고 생각했을 때는, 하던 일을 말아먹은 아비가 이미 화인의 이름으로 이것저것 끌어다 쓴 것이 한계치에 달한 무렵이었고, 화인은 사회생활을 시작한 지 얼마 되지 않아 신용 불량자가 됐다. 조건이 좋은 기업체는 들어갈 수 없었고 딱한 사정을 감안해주는 고만고만한 개인 사업자들 사이를 돌았는데, 그것도 아비가 생색을 내며 기존 지인들의 회사에 안면몰수로 꽂아 넣은 자리였고, 가는 곳마다 화인을 반기지는 않았으므로 자연히 오래가지 못했다. 화인이 이런저런 불합리한 일로 퇴사할 때마다 아비는 젊은 아이의 근성 부족을 탓했고, 지금까지 거둬서 먹이고 입히고 학업을 마치게 해준 데 대해 은혜를 갚아야 한다

고 강조했다. 차라리 대놓고 '먹은 걸 토해내라'고
했다면 그나마 깔끔하게 들렸을 텐데, 은혜를 갚으
라는 말은 결국 동일한 의미라 해도 뉘앙스가 훨씬
역겨웠다고, 화인은 말했다. 어쨌거나 취업 시점과
한 해 한 해 먹은 나이에 비해 경력은 쌓이지 않았으
며 어디를 가도 막내에 신입이었다.

　화재가 난 아파트는 그들이 평수를 줄이고 줄여
이사를 다니다가 마지막으로 다다른 임대주택이었
다. 그날 아비는 축구를 보던 중 술에 취해 욕설을
했고, 이에 눈살을 찌푸리며 자리를 털고 일어나는
화인에게 아비를 무시한다며 팔을 잡아채더니 손바
닥으로 머리를 때렸다. 이런 패턴에 익숙했던 화인
은 평소대로 맞받아 욕을 퍼부으면서 눈에 보이는
대로 각휴지나 리모컨 따위를 집어다 아비를 향해
던졌다. 그렇게 아무거나 던져서 조금이라도 맞혀
야, 가까이 다가오는 걸음을 반 보만큼이라도 늦출
수 있다는 걸 오랜 세월 몸에 익혀왔으므로. 이때 아

1 2 4

비는 등을 돌리고 자기 방으로 달아나는 화인의 목
덜미에서 타투를 발견했고, 방문이 닫히기 전에 붙
들어선 화인의 머리채를 끌어다 거실에 내동댕이쳤
다. 발로 걷어차이다가 배를 밟힐 뻔한 것을 화인이
몸을 옆으로 굴리면서 어깨를 밟혔다. 몸속 어디선
가 뼈가 부러지는 소리가 나는 것 같았는데 바로 이
어서 가윗날이 들이대어져 통증을 잊었다. 단지 목
과 어깨 사이에 작은 샐러맨더를 키우고 있다는 이
유만으로, 아비는 딸더러 창녀라고 했다. 몸 파는 계
집년놈들이 꼭 이렇게 그리고 다니는 거라고 했다.
가윗날에 목이 찔릴까 봐 화인이 평소만큼 날뛰지도
못하는 사이 머리채가 한 손아귀에 잡힌 그대로 움
쑥 잘려나갔다. 이에 그치지 않고 회사는 무슨 회사,
다 때려치우고 스님이나 되라면서 아비는 화인의 머
리카락을 마구잡이로 쥐어뜯은 것처럼 군데군데 잘
라냈다. 화인은 울부짖으면서도 스님은 그런 게 아
니야 스님이 그럴 때 되는 게 아니라고, 소리칠 만큼

의 여유는 남아 있었다. 이때까지는 그나마 공포가 분노를 넘어서지 않았던 때였다. 그다음에 아비가 진심으로, 가위를 들어 샐러맨더를 찍어버리려고 하기 전까지는. 아 뭐야 미쳤냐고, 소리치며 도망치는 화인의 뺨 바로 옆으로 가위가 던져졌다. 가위는 부엌 바닥을 쓸며 서랍장 아래로 밀려 들어갔고, 아비는 화인을 밀어 넘어뜨리곤 주먹으로 얼굴을 때리기 시작했다.

그 뒤로는 기억이 안 나요. 화인은 퇴원 이후로 찾아온 경찰들에게도 일관되게 그렇게 말했다. 뜨거운 열기 같은 것은 느끼지 못했는가, 폭발음 같은 것이 들리지 않았는가…… 같은 물음에도 요지부동이었다. 제가 당장 정신을 놓았는데 무엇이 들리고 느껴졌을까요. 프로파일러가 다녀갔다. 화인의 눈과 입과 손가락 끝에서 불안과 허위를 찾아내려고 시도했다. 집은 가재도구와 벽지 일부가 탔는데, 창이 깨진 것에 비하면 신기하게도 숯덩이가 되지는 않았다. 불씨나 발화점은 끝내 나오지 않았다.

"아쉽네요. 그나마 여기는 제 힘으로 혼자 들어온 회사였는데."

사무실에 남아 있던 마지막 짐을 쇼핑백에 담아 넘기는 시미를 바라보며, 화인은 말했다. 두 달간 어머니가 옆에 있어서 이제는 심신이 조금 안정됐고, 그러나 자신이 어머니한테로 가서 살기는 이제 와 어색하거니와 평생 인연이 없던 타지에서 살아갈 자신도 없다고 했다. 당분간은 반지하방에서 혼자 지내면서 아무것도 하지 않고 쉬고 싶다는 말과 함께 화인은 사직서를 제출했다.

"그리고 이제 찬찬히 신용 불량에서도 벗어나봐야죠. 서른 전에 될까."

그렇게 말하며 화인은 미소 지었다. 시미는 그 입가에 아직 오래된 체념과 무기력이 묻어 있다고 느꼈으나 그것은 적어도 예전 그대로의 농도는 아닐

것이다.

"어려운 일 있으면 전화해. 밥은 내가 살게."

실재의 불꽃은 꺼졌지만, 심지마저 다 타버려 아
무것도 남지 않았던 자리에 불씨는 이제 막 지펴졌
을 뿐이므로.

단순히 나이와 신분을 표시하기 위해, 사냥이나 자수 등 기량의 등급을 매기기 위해, 때로는 무언가를 기념하거나 애도하기 위해, 결의를 이어 나가거나 자신의 용기를 자랑하기 위해. 자연의 어느 부족에서는 사자의 장례를 치를 때 그의 영혼이 들고나는 통로를 마련해주고자 문신을 새겼다고 한다. 그런 여러 가지 이유와 구실이 오랜 옛날부터 있어온 거라면, 자신을 수호하는 용도의 문신이 있다고 해서 하나도 이상한 일이 아니었다.

"나오지 마세요, 괜찮아요."

시미가 작업실의 미닫이를 열었을 때, 마침 한 손님이 1층 방에서 나오며 사장에게 말하고 있었다.

그녀는 시미를 보자 가벼운 목례와 눈웃음으로 지나쳤다. 시미는 자신을 알아볼 사람이 없기에 의아해하며 고갯짓으로 대신했지만, 머리색이 프러시안 블루로 바뀌어서 한순간 몰라본 것일 뿐 그 손님은 시미가 일전에 본 오렌지 머리의 손님이었다. 콧방울에 박힌 별이 유난히 빛나지 않았더라면 알아차리지 못했을 것이다. 민소매 티셔츠의 무늬가 요란한 것치고 손님의 어깨에 새겨진 나무 한 그루와 거기막 내려앉으려는 작은 새 한 마리는 사뭇 이질적이었는데, 이후 피부의 부기가 빠지고 색이 잘 올라오면 동화적으로 보일 그림이었다.

　이전이라면 거기까지만 생각했을 텐데, 프러시안 블루의 어깨에 있는 나무와 새는 그녀가 이 세상에 살아 있는 한 어떻게든 만나게 마련인 최악의 곤경을 어떤 방식으로 지켜줄 것인지가, 지금의 시미는 궁금해지는 것이었다. 이곳에서 문신을 받아 간 모든 사람의 주위에 그런 흉흉한 미제 사건이 일어난

다면 쉬쉬하며 덮어두는 데에도 한계가 있으니 세상은 이미 불안의 전염과 창궐로 아수라장이 되고도 남았을 텐데, 일상의 톱니바퀴는 여전히 지루하게 잘만 돌아갔다. 그렇다는 것은 사람을 지켜준다는 행위가 반드시 누군가를 해함으로써 완성되는 게 아니라, 다만 그 사람을 지지하는 버팀목 같은 것도 포함하는 것이 아닐까.

시미는 말없이 사장을 따라 2층으로 올라갔다. 작업실에서 일회용 바늘을 폐기물함에 따로 버려 뚜껑을 닫고, 잉크와 기계를 제자리에 정리한 뒤 사장은 쿠션과 시트로 어수선한 소파를 치우며 시미에게 자리를 내주었다.

"조금 전에 그분은, 몇 달 전에⋯⋯."

"아, 기억하세요?"

"그때 작업이 안 끝났던 건가 보네요. 한참 지났는데."

"그때 했던 건 당연히 끝났지요. 시술 한번 받으신

분들이 계속 들러주시곤 합니다. 하나만 딱 새기고 끝나지 않는 분들이 계셔요. 일단 시작하면 대여섯 개까지는 하게 되는 경우가 많습니다. 빈 데 없이 자기 몸을 다 채우도록 그려 넣는 사람도 있지요."

그쯤 되면 중독 아닌지, 그건 더 좋은 그림을 찾아내어 소유하기 위한 기도의 일종인지 아니면 자신의 몸을 반복적으로 훼손하고자 하는 열망인지 같은 의문을, 시미는 소리 내어 말하지 않았다. 한번 새기고 나면, 자신이 바로 그렇게 되지 않으리라는 보장이 없었다.

"그동안 어떻게, 마음에 드는 도안을 찾으셨습니까?"

망설거리는 목소리로 전화를 걸어서 예약을 잡았을 때, 사장은 두어 달 전쯤 단 한 번 왔을 뿐인 시미를 기억하고 있었다. 시미도 한때 영업을 해본 입장에서 그 자체는 놀랍지 않았다. 상대방의 얼굴을 기억하고 그의 이름과 직책과 습관 및 취향을 연결하는 것이 영업의 생명까지는 아니어도 기본이었다.

더구나 그는 소수의 고객을 만나고, 이런 시술을 받

으러 오는 오십대의 갱년기 여성이란 그리 흔치 않

을 테니 잊는 게 오히려 무리일지도.

"사실은…… 아직 마음에 드는 걸 못 찾았어요."

이쯤 되면 사장 입장에서는 영업 방해라고 여길

것이지만 시미는 정직하게 말할 수밖에 없었다.

"많이 생각했는데, 이런 건 오히려 생각을 할수록

더 못 하게 되는 걸까요. 한번 충동에 의존해서 확 질

러야만 할 수 있는 일이라는 게, 세상에는 많은가 봐

요."

무엇이 자신을 지켜줄지―지탱해줄지―시미는

결정하지 못했다. 만약 무언가를 하게 된다면 당연

하게도 아이의 이름 세 글자와 출생 연월일 정도일

줄 알았는데, 그러기엔 아이의 마지막 말이 언제까

지고 맴돌았다. 행세하는 걸로 보이거든요. 이러지

않았으면 좋겠거든요……. 있어도 없었던 엄마라는

존재가 제 이름을 새기고 다닌다는 사실을 그 애가
알게 된다면, 시미가 페이스북이나 블로그에 문신
사진을 올릴 것도 아니고 평생 그쪽에 알려질 턱이
없지만, 그래도 만에 하나라도 알게 되었을 때 그 애
는 얼마나 꺼림칙하게 여길 것인가……

　……같은 이유는 아니었다. 아이의 마음속에 시미
가 들어섰던 적이 없음을, 아이를 너무 오랫동안 떠
나 있었으며 그 간극을 돌이킬 수 없음을 인정해야
했다. 세상의 어떤 당위나 도리나 윤리도 모성을 자
연의 순리로 강제할 수 없었고 이미 완전한 타인들
을 교착膠着시킬 수 없었다.

　"괜찮습니다. 지난번에도 말씀드렸던 것 같은데,
천천히 생각하셔도 됩니다."

　사장은 이번에도 무언지 모를, 그러나 더 이상 수상
쩍게 여겨지지는 않는 허브티를 탁자에 내려놓았다.

　"충동과 우연도 그 나름대로의 의미가 있고 실제
로 그것들이 자연이며 우주며 만들기도 했지만, 우

리는 인간이니까요. 생각 많은 것도 일관성 없는 것도 당연합니다."

"샐러맨더는."

"예?"

"샐러맨더는, 화인이가 가장 위급하고 절박했던 순간에 그 애를 지켜주고 떠나버린 거죠?"

이렇게 말하면 그가 알 것이었다. 그는 자신이 진행했던 모든 작업을, 자신이 그린 모든 그림을 기억할 터였다. 언젠가는 사라지기 때문이기도 하겠지만, 바로 이 같은 이유도 포함해서 자신의 작업을 사진으로 남겨두지 않았을 것이다.

"불편하시면 말씀 안 하셔도 괜찮아요. 저와 크게 상관있는 일도 아니고, 누군들 이런 얘기 들으면 저더러 돌았다 할 테고. 하지만."

시미는 제 무릎을 덮은 두 손을 내려다보며, 사장의 표정을 확인하지 않은 채로 말을 이었다.

"지난번부터 궁금했는데요. 사장님 자신의 문신

은 어디에 있나요."

"있긴 있습니다. 보시겠어요?"

"벗어야만 보이는 자리라면 안 볼 거긴 한데요, 있는 건가요, 아니면……."

있었던 건가요. 그 말이 나오지 않았다. 사장이 어째서 실내에서 저런 답답한 옷을 입고 있는지 어렴풋이 알 것만 같았다.

"사장님의 소원은 이루어졌나요."

시미는 다만 혼잣말에 가까운 어조로 그렇게 물었다. 또는 어떤 존재가 당신을 지켜주었나요. 당신은 살아오면서 어떤 호의와…… 얼마만 한 경멸과 때로는 악의를 만나왔기에, 자신을 지키는 부적을 온몸에 그릴 수밖에 없었을까요.

"사장님은 정말 제대로 된 문신을 하는 분이 맞나요."

"일단 우리 현행법상 이 일은 모두 야미인데요."

사장의 말끝에 웃음이 묻어나왔다.

"의료법 얘기가 아닌 거 아시잖아요."

"그걸 확인하러 오신 겁니까. 화인 씨를 위해 알아보려는 겁니까. 화인 씨가 그렇게 부탁하던가요."

"화인이는 저한테 아무것도 부탁하지 않았어요."

정말로 화인을 위한다면 지금은 잠자코 있어주는 게 제일 유용할 테고, 사건의 비밀이나 실마리 같은 건 애당초 없을 것이며 설령 있다 한들 그것은 시미가 알던 세계에서 반 발자국 비켜섰을 때나 얻어지는, 철저히 직관에 의거한 인식에 불과할 것이었다. 언젠가 그 인식의 끝에 도달하더라도, 보통 사람들이 수용하는 물리적인 현실에서 문신술사의 작업과 행위가 저 일련의 죽음들과 무관하다는 사실은 바뀌지 않을 터였다.

"문신이 뭐라고 생각하세요, 시미 씨는."

사장이 문득 그렇게 물었을 때 시미는 김 대리의 말을 떠올렸다. 그냥 패션입니다. 귀걸이에 반지……

"살갗을 얇게 찔러서 단지 색을 입히는 걸로 보이지만요."

사장은 나무 재질로 보이는 바늘을 시미의 눈앞에 들어 보였다. 수작업 용구가…… 있는 모양이었다, 이곳에.

"실은 피부에 새겨진 건 자신의 심장에도 새겨지는 겁니다. 상흔처럼요. 몸에 입은 고통은 언제까지고 그 몸과 영혼을 떠나지 않고 맴돌아요. 아무리 잊은 것처럼 보이더라도 말이지요."

설마, 출산의 고통도 잊은 지 오래인데…… 싶다가 시미는 그런 것과는 결이 다른, 화인이 입은 고통의 영속성을 생각했다. 또한 자신의 아이가 끝내 들려주지 않은, 아비 곁에서 자라는 동안 입은 흉터까지도.

"그러니 시미 씨가 원하는 걸 말해주세요. 무엇이 시미 씨를 돌봐주었으면 좋겠는지."

시미는 탁자 위 노트 태블릿에 손을 가져갔다. 이전에 사장이 한 컷씩 넘겨가며 설명해준 도안집이

거기 들어 있었다. 옛날 사람들은 아픈 데에 이와 같은 문양을 그리면 병을 일으키는 나쁜 영혼이 달아난다고 믿었어요. 머리가 아프면 이마에, 이명이 심하면 귓불에, 이나 턱이 아프면 이렇게 뺨에. 지극히 미신적인 동종 요법으로 원시적인 장식을 겸한 것이었겠지만 시미는 어색하게 웃으며 되물었더랬다. 두통 좀 없애자고 평생 지워지지 않을 문신을 새긴다고요? 문신하는 것이 일인 사람 앞에서 지우니 어쩌니 논한다는 게 지각없어 보일까 시미는 금세 후회했지만 사장은 모르는 척 농담으로 때웠다. 머리에 바늘을 계속 찔러대니까, 그게 너무 아파서 두통 같은 건 금세 잊어버리게 만드는 치료법이 아니었을까요. 그 말에 폭소가 터져 시미는 직전까지 견고하게 신경을 붙들어 맸던 긴장의 고리가 풀리는 걸 느꼈다. 정말 통증이 나았는지는 지금의 논리로 알 길 없지만, 중요한 건 사람들이 그만큼 간절하게 바라고 믿었다는 거 아니겠습니까. 내 몸이 어제와는 달라지기를, 나를 둘러싼 외부 조건이나 상황이 조금이라도 좋아지기를. 먼 옛날의 사람들이 용맹한 영혼을 자기 안에 이식하거나 풍성한 사냥을 바라면서 맹금류를 제 몸에 새겨 넣은 것처럼, 지금 사람들은 세상을 떠난 영혼이 언제나 자신과 함께한다고 믿으면서 부모님이나 애인을 새겨 넣기도 하니까요. 그러고 나서 사장은 덧붙였더랬다. 아 뭐 그래도, 어디까지나 자기 좋아서 꾸미는 게 먼저예요. 목걸이나 팔찌 비슷이 편하게 생각하시면 됩니다. 이런 그림 하나로 인생이 천지개벽할 것도 아니고요……

제 몸에 바늘을 꽂기 전인데도 시미는 이미 온몸이 꿰뚫리는 것처럼 따끔거렸고, 그 뜨거운 통증은 희열이나 충격과 구별되지 않았다.

"제가 바라는 건."

작업이 끝날 때까지 전화 한번 열어보지 않아서 몰랐는데, 문밖으로 나오니 어느새 한밤이었다. 잠깐 눈 좀 붙인다는 것이 어느새 다섯 시간이 지나 있었다. 대각선 맞은편의 작은 커피숍도 불이 꺼지고 셔터가 내려왔다. 사장을 너무 오랫동안 붙들어놓고 있었던 것이다. 당황한 마음으로 뒤돌아보았을 때, 사장은 작업실 문턱을 넘지 않은 채 그 자리에 서서 시미를 마주 보고 있었다.

"퇴근하셔야 하는데, 저 때문에 이 시간까지."

"문을 언제 닫는지는 제 마음인걸요."

"오늘 시간 내주셔서 고맙습니다. 그럼……"

"물 닿는 거 조심하시고요. 드린 연고 제때 바르세

요."

가볍게 목례하고서 고개를 들어보니, 문신술사의
어깨 너머로 자리한 작업실이 낮의 모습과는 달라
보였다. 철저히 밤의 세계에 속한 공간. 열망과 증오
와 그것의 찰나적 해소 같은 것들로 부풀어 오른, 영
원히 셔터가 내려오지 않는 가게인 양.

"언제든지 또 오셔도 됩니다."

시미는 앞으로의 인생에 지금처럼 충동이 자신
의 온몸을 구성 또는 대체할 정도로 부피가 커질 날
이 다시 있을까 생각했다. 충동이 솟는다는 건, 태울
에너지가 생성됐다는 것이었다. 자신의 존재가 세
상 누구보다도 빛나기를 바라는 열망이 남아 있다
는 뜻이었다. 그리고 시미는 그것들이 몸 곳곳에 오
래된 흔적처럼만 존재하여 가끔씩만 자신을 가볍게
흔들리라는 예감이 들었다. 시미는 돌아서서 지나간
싸움과 현재의 공허가 앞으로의 날들에 드리울 그림
자의 무게와 길이를 재어보았다.

몇 발자국 내딛다 말고, 아직 후끈거리는 감각이 남아 있는 손목을 들어 올려보았다. 단 한 개의 별 둘레로 붉게 부어오른 자국이 가로등 불빛에 비쳤다. 프러시안 블루 손님의 콧방울에 박혀 있던 별을 보고 떠올린 주제였다. 이만한 그림은 그저 팔찌나 다름없었고 그마저도 사람들이 눈살을 찌푸린다면 그 위에 손목시계를 차면 그만이었다. 그럼에도 이 자국은 시미가 지금껏 살아오면서 아마도 처음으로, 계산이나 감가상각을 비롯한 그 어떤 실리나 전망과도 무관한 충동에 귀를 기울여본 흔적일 것이었다.

단 한 개의 별을 새기기 위해, 기계를 치우고 대신 가죽 케이스를 열어 나무 바늘을 세심히 골라내던 사장의 긴 손가락이 떠올랐다. 이어서 그 손가락으로, 평소 기계를 쓸 때 사용하던 잉크가 아니라 다른 안료가 담긴 병의 뚜껑을 열었다. 옛날식 안료 제조법으로 식물의 잎사귀를 말려서 광물과 함께 갈아 넣은 것이라곤 하지만, 특별한 부작용은 없을 거라는 언질 외에 그 식물과 광물이 무엇인지는 알려주지 않았고, 시미로서도 알아서 좋을 일은 없을 듯했다. 그러고 나서 사장은 시미가 소파 팔걸이에 올려놓은 손목을 넓게 알코올 솜으로 소독했다. 작은 그림이었으므로, 수작업이라는 걸 감안해도 작업 시간은 오래 걸리지 않았다. 그는 소파 아래 바닥에 편안히 주저앉아선 혈관을 찾는 간호사처럼 시미의 손목 곳곳을 짚었다. 바로 들어갈 거니까 긴장하지 마세요. 전사나 스케치도 없이 그는 바늘로 수를 놓는 것처럼 살갗을 찔러나갔다. 바늘이 살갗에 닿는 순간 시미의 몸속에서 물방울 같은 것이 부서졌다. 입속에 신맛의 침이 고였다. 잔털 하나하나가 떨면서, 바늘을 밀어내지 않고 끌어당겼다. 일종의 선언이나 도전 같은 염료 자국이 손목에 남았다. 이 자국이 심장에도 새겨진다는 거지, 마치 헤링본이나 새틴 스티치처럼. 처음 바늘이 들어갈 때 그 낯선 통각에 깜짝 놀라 시미는 하마터면 손을 잡아챌 뻔했

으나 사장이 손을 단단히 쥐고 있어서 손목은 꿈쩍
도 하지 않았다. 이후로는 아픔에도 친숙해졌다. 온
몸에 분포한 통점들이 긴 겨울잠에 들기라도 한 것
처럼 아픔 대신 쾌감이 번져나가는 걸로 보아, 사람
들이 오랜 옛날 병을 고치겠다고 이런저런 위험하기
까지 한 방혈을 일삼았던 것도 이해가 갔다. 화인도,
그 작곡가나 다른 사람들도 이런 느낌이었으리라고
생각하면, 서로 인연이 없는 이들 간에도 기묘한 공
감대가 형성되는 것만 같았다. 그 모든 것을 상처라
고 섣불리 범주화할 수는 없겠으나, 상처와 흠집에
매혹되는 것이야말로 인간의 본능 가운데 가장 오래
된 불가해였다.

　그때 골목 사잇길로 강풍이 불어 시미는 제 몸이
순간적으로 들리는 듯한 부유감을 느꼈다. 그러나
들린 것은 몸이 아니라 가로등 불빛에 비친 손목이
었다. 허공에서 무언가가 손목을 잡아당기는 느낌에
놀라서 자세히 보니, 별이 어느새 비좁은 손목이라

는 장소를 떠나 하늘로 떠오르고 있었다. 당황스러웠지만 지나가는 사람들이 보기에는 몸에 붙었던 낙엽이나 벌레가 떨어져나가는 정도로 보일 것이었다. 저기 사장님 이거, 하면서 시미가 지금껏 걸어온 길을 돌아보았을 때, 작업실은 문이 닫힌 채 어둠과 한 몸인 것처럼 정적에 스며들어 있었다.

하는 수 없이 다시 올려다본 허공에서 별은 어느새 점점 밝아지면서 제 부피를 키워가고 있었다. 이상한 일이었다. 시미가 손 내밀어 닿을 만한 높이는 이미 한참 지났고 점점 눈앞에서 멀어지는데도 갈수록 크게 보인다는 것이. 아무리 인적이 드문 골목이지만 이걸, 누가 보면 어떻게 하지? 뭐라고 할까? 시미는 별이 멀어져가는 방향으로, 닿지 않을 것을 알면서도 눈으로 줄곧 좇으면서 뛰었다. 하늘을 보고 뛰느라 골목길의 부서진 바닥 돌에 발이 걸리기도 하고 넘어지기도 하면서, 그럼에도 불구하고 다시금 고개 들고 일어나 별을 따라가다 보니 어느새 골목 어귀가 보였고, 조금 있으면 사람들이 많이 다니는 큰길이 나올 것이었다. 염려되면서도 동시에 누군가가 이 모습을 꼭 함께 목격해주었으면 좋겠다는 정반대의 소망이 시미의 마음속에서 팽창할 무렵.

부풀어 올랐던 별이 폭발하여 하늘에 산산이 흩어졌다. 소리가 전혀 나지 않았고 설령 폭발음이 있었다 한들 거리를 질주하는 차량의 경적과 상가에서 흘러나오는 음악에 덮였으므로 그 모습을 시미 말고 아무도 못 본 것 같았지만, 우주가 처음 만들어질 때 저랬을까 싶을 만큼 가차 없이 부서진 별의 조각들은 하늘로 넓게 퍼져나갔다. 한 점 한 점이 신의 바늘로 놓은 흰 자수 같았다. 그때 행인들 가운데 누군가가 휴대전화에서 시선을 거두어서 고개 들곤 탄성을 질렀다. 여기서 저런 별이 다 보이네. 몇 달간 계속된 미세먼지로 하늘 한번 올려다보기가 부담스러웠던 사람들은 그 소리를 듣고 너도나도 멈춰 섰다. 누군가는 시골 하늘에서도 요즘 이런 모습 보기 어렵다고 했다. 어쩌면 어느 기업에서 광고를 위해 조작한 조명 장치 같은 게 아니겠느냐는 얘기도 나왔고, 뭐가 됐든 공통 의견으로 금세 사라질 환상이 틀림없다며, 먼 이국의 하늘을 번역하여 펼쳐놓은 것만 같은 그 별무리를 향해 저마다 휴대전화를 높이 들어 올렸다. 찰칵, 찰칵. 사방에서 셔터음이 울렸다. 시미도 다급히 가방을 뒤지는데 떨려서 그런지 손끝에 전화기가 도무지 걸려들지 않았다. 시미는 촬영을 포기하고 다만 앞으로의 남은 인생에서 단 1초라도 더 오래 그 빛의 무리를 눈에 담기를 선택했다.

스스로가 빛나지 않는다면, 시미는 다만 몇 발자국 앞이나마 비추어줄 한 점의 빛을 보고 싶었다. 바라는 건 그뿐이었다.

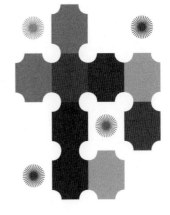

빛을 통과한 후에

　어느 문화권에서는 진귀한 예술 작품으로 칭송받기도 하고, 성년 의례나 풍요로움, 때로 집단의 신념을 드러내는 긍정적인 인식과 연관되는데, 또 다른 문화권에서는 '사회적으로 죽임당한 자'의 낙인이라는 것이 문신의 아이러니다. 고통과 황홀, 환영과 추방, 죽음과 삶의 양면성에 사로잡히는 것은, 양면성이라는 자기장 안에 존재하는 인력과 척력이 인류의 발생 및 존속의 원인이기 때문일 것이다.

　소설 속에서 언급한 '빈 데 없이 자기 몸을 다 채우도록 그려 넣는 사람'에 대한 이야기는 플래너리 오코너의 소설 「파커의 등」에서 볼 수 있다.

쓰는 동안 니콜라 브륄레의 『타투리얼리스트』(박진영 옮김, 동아일보사, 2016)와 스티브 길버트의 『문신, 금지된 패션의 역사』(이순호 옮김, 르네상스, 2004) 그리고 프로파간다 편집부에서 펴낸 『문신유희』(프로파간다, 2013)와 같은 책의 도움을 받았다.

이 소설을 쓰려고 생각하기 훨씬 전에 나도 모르는 사이에 영감을 주신 분들은, 처음 또는 두 번 만났을 뿐인 내게 스스럼없이 어깨나 팔에 새긴 문신을 보여주신 시인과 소설가 들을 비롯한 동료분들일 것이다. 그분들의 앞날에 평화의 빛이 있기를.

심장에 수놓은 이야기

1판 1쇄 발행 2020년 3월 18일
1판 6쇄 발행 2024년 7월 31일

지은이 구병모
펴낸이 김영곤
펴낸곳 아르테

문학팀 김지연 원보람 권구훈
디자인 석윤이
출판마케팅영업본부장 한충희
마케팅3팀 정유진 백다희
출판영업팀 최명열 김다운 권채영 김도연
제작팀 이영민 권경민

출판등록 2000년 5월 6일 제406-2003-061호
주소 (우 10881) 경기도 파주시 회동길 201 (문발동)
대표전화 031-955-2100 팩스 031-955-2151

ISBN 978-89-509-8673-5 04810
    978-89-509-7879-2 (세트)